SVEVA CASATI MODIGNANI

UN AMORE DI MARITO

Sperling & Kupfer

UN AMORE DI MARITO

ISBN 978-88-200-5148-8
86-I-11

I fatti narrati sono immaginari. Ogni riferimento a fatti e luoghi reali o a persone realmente esistenti o esistite è puramente casuale.

Dedicato ad Anna Rocco Bartorelli,
un angelo custode che, al bisogno,
saprebbe soccorrere perfino
un'astronave in difficoltà.

Alberta alzò lo sguardo al cielo. Una stellata così non s'era mai vista, in dicembre. Tra quella distesa di puntini luminosi sul drappo nero della notte, una stella si staccò dal firmamento e, descrivendo una scia d'argento, precipitò velocissima sull'orizzonte rossastro della città.

Allora le tornarono in mente le parole della sua maestra: «Le stelle sono i nostri angeli custodi. Ognuno di noi ha la sua». La donna era una giovane siciliana che, per sopravvivere nello squallore della periferia milanese, tra casermoni di cemento che nascevano come gramigna divorando le distese dei campi, si aggrappava alle leggende della sua isola.

«Qual è la mia?» le aveva chiesto Alberta.

«Non puoi saperlo, ma la tua stella invece ti conosce e, quando è il caso, scende sulla Terra per aiutarti.»

Alberta emise un sospiro carico di pena e, poiché era il caso, volle credere che quella stella cadente fosse scesa per liberarla da un incubo iniziato proprio quel giorno, durante la pausa pranzo, quando tutte le sue certezze erano crollate e il suo matrimonio aveva perduto l'innocenza.

Richiuse la tenda della portafinestra che dava sul terrazzo, attraversò il salone, scivolò silenziosa nella camera da letto e si distese accanto a Leo che dormiva come un bambino. Lo ascoltò respirare. Era il respiro di un uomo sereno, in pace con la propria coscienza. Mentiva anche nel sonno, pensò Alberta.

L'orologio, sul cantonale, segnava l'una del

mattino. Se fosse riuscita ad addormentarsi subito, avrebbe potuto dimenticare la sofferenza fino al momento in cui il suono lacerante della sveglia, simile allo squillo delle trombe del giudizio, l'avrebbe ridestata su un giorno inedito della sua vita, quello del disinganno. Ma non ce la faceva a prendere sonno e allora si alzò di nuovo, ancora una volta si rifugiò nel soggiorno, sedette in poltrona e ricominciò a scavare nella piaga dolente del tradimento appena scoperto.

Riuscì ad addormentarsi soltanto alle tre e quando la sveglia straziò brutalmente il sonno ebbe inizio il film quotidiano, che si ripeteva sempre uguale da diciotto anni.

Lei e il marito schizzarono in piedi. Lui si fiondò in bagno, lei in cucina a mettere la caffettiera sul fuoco, a scaldare il latte, a far rinvenire le brioche nel microonde. Poi corse in camera, spalancò le finestre, sul letto ancora sfatto allineò camicia, calzini e slip puliti per

Leo, che ricomparve un minuto dopo in accappatoio e chiuse immediatamente le imposte, lamentandosi per il freddo che aveva invaso la stanza. Come d'abitudine, Alberta ignorò le proteste, a sua volta si fiondò in bagno, per poco non cadde inciampando in un telo di spugna abbandonato per terra dal marito, si infilò sotto la doccia e quando ne uscì si guardò allo specchio mentre si asciugava. Come sarebbe riuscita a conciliare l'attività frenetica di ogni giorno con il dolore che aveva ripreso a straziarla? Appoggiò le mani sul bordo del lavabo, avvicinò il viso allo specchio e constatò che anche lei, come Leo, mentiva. La sua menzogna era il silenzio, era fingere che non fosse successo niente.

Lo specchio le rimandò l'immagine di una donna di quasi quarant'anni, scialba e insignificante. Come aveva potuto credere che suo marito, bello com'era, non avrebbe mai smesso di amarla? Invece si era illusa e il giorno prima la realtà l'aveva colpita a tradimento con la violenza di una mattonata sui denti.

Ora doveva gestire l'irreparabile.

Alberta lavorava in via Montenapoleone nella storica bottega di Marta Piccini, che vendeva biancheria intima in seta ricamata a mano.

Durante il periodo natalizio, nel quadrilatero della moda tutti i negozi erano aperti ininterrottamente dalle dieci del mattino fino a sera e Alberta riduceva a una sola ora l'intervallo per la pausa pranzo, dandosi il cambio con Gianna, la sua collega.

Di solito mangiava a prezzo fisso nel bar-tabacchi sull'angolo con via Verri, chiacchierando con le altre commesse del quartiere.

Da molti mesi, ormai, i loro discorsi avevano il sapore funereo del pessimismo, perché c'erano tra loro padri e madri di famiglia che temevano di perdere il lavoro, non soltanto per colpa della crisi economica, che aveva ridotto il potere d'acquisto, ma anche a causa della tanto sbandierata Expo che, sulla carta, avrebbe dato lustro alla città, ma nella realtà induceva i proprietari di immobili a raddoppiare gli affitti, costringendo tanti esercenti a chiudere l'attività. Da tempo, le pause pranzo erano diventate un mortorio, invece che un momento di relax. Alberta si considerava fortunata perché, anche se avesse perso il posto, l'impiego di suo marito non correva rischi. Lui si occupava di un settore che, nei momenti di crisi, faceva profitti: quello del caffè.

«Quando un'economia salta e viene a mancare il necessario», le aveva spiegato Leo, «il superfluo diventa indispensabile. Hai presente lo smalto per le unghie? È stato inventato e ha prosperato in America, durante la Grande Depressione. Lo stesso vale per il caffè, che è il prodotto più vivace della nostra azienda.»

Lei aveva pensato che la buona sorte non l'avrebbe mai abbandonata. Fino al giorno prima, quando – dovendo sbrigare una commissione – si era accontentata di un panino al banco del bar e poi, di corsa, si era infilata nella metropolitana gialla in via Manzoni. Dopo poche fermate era scesa in corso di Porta Romana e aveva raggiunto la calzoleria dove, due giorni prima, aveva comprato un paio di Timberland da regalare a Leo per Natale. La capocommessa era un'amica e le aveva fatto un ottimo sconto. Leo aveva provato le scarpe e gli andavano strette.

«Ci vorrebbe mezzo numero in più», aveva commentato.

Alberta era lì per farsele cambiare.

La sua amica la vide e, poiché stava servendo un altro cliente, le rivolse un cenno, per farle intendere che si sarebbe sbrigata in fretta.

Alberta ingannò l'attesa osservando alcuni modelli di scarpe da donna e fu catturata da un paio di stivali di camoscio blu foderati di pelliccia. Le piacevano. Guardò il prezzo. Era esoso e, da oculata amministratrice dei conti di casa, decise che sarebbe stata una spesa superflua, anche perché c'erano altre priorità: i regali per i parenti e i genitori e l'albergo dove avrebbe trascorso la settimana bianca con Leo. Infine non sarebbero stati quegli stivali sportivi ma anche eleganti a conferirle un tocco di raffinatezza. Senza contare che a Leo lei piaceva così com'era: semplice e anonima. Dopo diciott'anni di vita insieme, capitava ancora che le dicesse: «Lo sai che sei bellissima?»

Alberta, che aveva il senso dell'umorismo, si faceva una sana risata e un po' lo compativa, continuando a domandarsi come mai un uomo più giovane di lei, bello come un saraceno dagli occhi celesti e manager di successo, potesse amarla così tanto.

* * *

Leo la adorava da quando aveva diciannove anni e lavorava nel garage, con annessa officina meccanica, in cui Alberta parcheggiava la sua utilitaria. A quell'epoca lui frequentava un liceo serale sperimentale, mentre lei era al terzo anno di lettere moderne e sognava un futuro nell'ambito universitario. Mattina dopo mattina, andando a prelevare la macchina nel garage, aveva fatto amicizia con quel ragazzo bellissimo e aveva notato la sua intelligenza vivace e la voglia di farsi strada nella vita. Lui la corteggiava e lei, dapprima sulla difensiva, aveva finito per innamorarsene.

A quel punto, Alberta aveva preso una decisione sconvolgente.

«Ho chiuso con l'università. Vado a lavorare», aveva annunciato una sera ai suoi genitori.

Era scoppiato il finimondo.

«Perché?» aveva domandato suo padre.

L'uomo era carpentiere in un'impresa edile. Aveva appena la licenza di terza media e la figlia con tanto di laurea era la sua massima aspirazione.

«Mi sono innamorata di un ragazzo povero, ma con tante buone qualità. Vogliamo sposarci e mettere su casa. Non chiedo niente né a te né alla mamma, per questo ho trovato lavoro», aveva spiegato.

Sua madre s'era messa a piangere.

«E tutti i nostri sacrifici per farti studiare, per non farti mancare niente, per darti una posizione?» aveva domandato tra i singhiozzi.

«Dispiace anche a me lasciare gli studi, ma potrò sempre riprenderli quando Leo si sarà laureato, anche perché tra noi due lui è il più determinato e merita di arrivare al traguardo», aveva replicato con fermezza.

«Se, e quando, sarà arrivato al traguardo, ti darà un calcio nel sedere e buonanotte ai suonatori!» aveva urlato il padre.

Di fronte a quei genitori addolorati e arrabbiati, Alberta aveva finalmente avuto il coraggio di esprimere la frustrazione che si portava dentro da sempre: la scarsa considerazione di sé.

«Ma voi due mi avete mai guardata? Io sono un tipo insignificante, non esisto per nessuno, tranne che per voi. Un po' poco, vi pare? Non c'è mai stato un ragazzo che mi degnasse di un'occhiata, e se c'era non me ne sono mai accorta. Fin dai tempi delle medie, quando i maschi facevano gli stupidi con le mie compagne, non ce n'era uno, nemmeno il più scalcagnato, che mi notasse. Ero trasparente come l'aria. Al liceo, poi, tutte avevano un fidanzatino, o almeno un flirt. Tutte tranne me. Era come se nessuno mi vedesse, nemmeno gli insegnanti, anche se ero tra le più brave. Quando, fuori dalla mia aula, incrociavo un professore e lo salutavo, quello mi domandava: 'Tu saresti...?' 'Sono Alberta Bianchi, professore.' Magari mi aveva interrogato in storia un paio d'ore prima, e mi aveva dato pure un bel voto, ma fuori dalla classe la mia faccia non gli diceva niente. Poi, un giorno, è avvenuto il miracolo: Leo Croce si è accorto di me, mi ha fatta sentire una donna desiderabile e io non me lo lascerò sfuggire.»

I suoi genitori avevano interpretato quel discorso come un feroce rimprovero a loro che l'adoravano e adesso si sentivano colpevoli di aver messo al mondo una figlia che non aveva stima di sé.

Asciugandosi le lacrime, sua madre aveva protestato: «Come fai a dire che sei trasparente come l'aria... che nessuno ti nota... sei soltanto una ragazza riservata, un po' timida, forse. Ma sei carina, hai dei lineamenti fini, un bel sorriso, un fisico perfetto... a sentire te, sembri una storpia con la gobba, il nasone e gli occhi strabici. Io non ti riconosco più! Sei stata sempre tranquilla, serena, studiosa, di buon carattere e adesso... Adesso tiri fuori una cattiveria che mi spezza il cuore».

Non volevano o, forse, non potevano capire, perché Alberta era tutto il loro mondo. In lei avevano riposto le modeste speranze di un riscatto sociale e, all'improvviso, lei scompigliava le carte dicendo che era stata sempre infelice. Perché? Perché era comparso all'orizzonte un disgraziato senz'arte né parte che aveva fatto perdere il lume della ragione alla loro bambina.

C'era voluto tempo perché si ricredessero e si rendessero conto che «quel disgraziato» era un genero di tutto rispetto, di cui andare fieri. Leo li aveva amati da subito e gratificati con gli eccellenti risultati scolastici. Riusciva a rendersi utile in mille modi, non era mai invadente e trattava Alberta come una principessa. Finalmente leggevano la felicità negli occhi della figlia e questo li ripagava della grande rinuncia al sogno di una laurea.

* * *

«Eccomi, Alberta.»

La voce della commessa la distrasse dai suoi pensieri.

«Sono di corsa. Riesci a cambiarmi le Timberland per mio marito? Mi serve un mezzo numero in più», disse Alberta porgendole la scatola.

«Credo di poterti accontentare», rispose l'amica, andando a cercare le scarpe e ricomparendo poco dopo con il nuovo paio, brontolando: «Che bello sarebbe se i nostri uomini si degnassero di venirsele a provare, le loro scarpe, invece di far correre noi, povere donne».

«Lo so, ma a me va bene così», tagliò corto Alberta che si occupava con gioia del guardaroba del marito perché le piaceva che fosse sempre inappuntabile.

«Torni in negozio?» le domandò l'altra, salutandola.

«Di volata, perché devo dare il cambio a Gianna.»

Fuori il freddo mordeva e lei camminò di buon passo, anche per scaldarsi. Dovendo attraversare il corso, si bloccò davanti al semaforo e lanciò un'occhiata al marciapiede di fronte, dove c'era un bar-ristorante con una veranda protetta da doppi vetri, stipata di clienti. Scattò il verde e lei si mosse. Via via che si avvicinava al ristorante, il suo passo si fece più lento e faticoso, perché stava vedendo qualcosa di inatteso e sorprendente. Tra la gente seduta ai tavoli c'era suo marito. E non era solo. Di fronte a lui, notò di spalle una donna dalla chioma bionda corta e ricciolute che indossava a scialle una pelliccia di visone color miele. Leo le parlava gesticolando e le rivolgeva un sorriso ammaliatore.

Alberta si smarrì e provò un senso di disagio, per aver visto qualcosa che non doveva vedere. Allora avvertì il bisogno di scappare da quella scena, quasi si sentisse colpevole.

Un taxi si fermò al semaforo. Lei spalancò

la portiera posteriore, si infilò nell'abitacolo e balbettò al conducente: «Mi porti via».

Poi gli diede l'indirizzo del negozio di Marta Piccini.

«Ti faccio notare che sei in ritardo di dieci minuti», l'accolse Gianna, picchiettando l'indice sul suo orologio da polso. Poi la guardò meglio, perché Alberta non replicava, e cambiò tono: «Ma tu stai male!» si allarmò.

«Mi gira la testa... ho preso freddo», sussurrò lei, infilandosi nel retro. Solo allora si rese conto di non avere più con sé le scarpe del marito. Probabilmente le erano cadute per strada, oppure le aveva dimenticate sul taxi. Non gliene importò nulla. «Alberta, mi dici cos'hai?» domandò Gianna, che l'aveva seguita.

Lei si accasciò su una poltroncina di plastica con un sospiro simile a un singhiozzo.

«Non ho niente... per favore, adesso va' tu a

mangiare», rispose, raccogliendo le sue poche forze per darsi un contegno.

«Sei sicura?»

Alberta annuì.

«Faccio in un attimo: vado e torno», disse Gianna, ma non si schiodava da lì, mentre lei aveva soltanto voglia di restare sola per riordinare le idee. Poi, mentre stava per uscire, la collega buttò lì una domanda che la colpì come una coltellata: «Non sarai mica incinta?»

A quel punto realizzò che i rapporti con Leo erano diventati sempre più sporadici, anzi, nelle ultime settimane lui l'aveva proprio ignorata. Rientrava a ore impossibili, visibilmente stanco e affaticato. Divorava la cena in due bocconi e, dopo una mezz'ora davanti alla tele, arrancava fino al letto piombando subito in un sonno profondo.

Tuttavia, per quanto fosse esausto, le offriva ogni volta un sorriso irresistibile, che la ricompensava delle lunghe attese.

Qualche sera prima, abbracciandola, le aveva sussurrato: «Meno male che ci sei tu, mia piccola Alberta. Sai, prima di quanto immagini, ci sarà una bellissima sorpresa per te. Almeno, è quello che spero con tutto me stesso. Tu sei la meravigliosa compagna della mia vita e, un giorno, ti regalerò un castello».

«In Normandia?» gli aveva domandato, scherzando. In Normandia avevano trascorso una vacanza molto romantica e indimenticabile.

«È possibile...» aveva replicato Leo, con aria enigmatica.

Quell'uomo non poteva essere lo stesso che aveva appena sorpreso al ristorante in corso di Porta Romana, mentre flirtava con una bionda in pelliccia di visone.

D'impulso digitò sul telefonino il numero dell'ufficio del marito. Le rispose la solerte segretaria: «Buongiorno, signora Croce. Il dottore non c'è. Non rientrerà prima delle quattro. Vuole lasciargli un messaggio?»

«Non fa niente. Lo cerco sul cellulare», tagliò corto e si collegò con il cellulare del marito.

«L'utente desiderato al momento non è raggiungibile.» La voce registrata risuonò come una campana a morto: Leo la tradiva.

Il marito, che diceva di amare la sua Alberta così com'era, probabilmente aveva una tresca con un'altra, una che non passava inosservata e, non volendo essere disturbato mentre stava con lei, aveva spento il suo portatile.

Alla fine le era venuto un gran mal di testa e aveva mandato giù un analgesico. Forse aveva davvero preso freddo.

Sentì suonare alla porta del negozio e allora si ricompose, premendo il pulsante di apertura, senza controllare se chi aveva suonato fosse una cliente o un barbone.

Giravano tanti emarginati anche nelle vie del

lusso. Erano senzatetto, zingari, tossici. Tendevano mani callose e sporche a mendicare spiccioli per una birra o una dose. In questa grande città che un tempo era stata bella, elegante, generosa e soccorrevole, ora dilagavano la miseria, l'incuria e l'indifferenza. Milano aveva perduto il suo stile sobrio ed era diventata sempre più volgare. Anche la boutique di Marta Piccini risentiva di questo pessimo clima. La clientela ricca e austera di un tempo si andava assottigliando. Aumentavano invece i turisti stranieri vogliosi di spendere. Prima gli arabi e i russi, ora i ricchi cinesi. Da questi clienti Alberta non traeva alcuna gratificazione.

In quel momento entrò la signora Mariani, dell'omonimo cementificio bresciano, cliente assidua di lunga data. Alberta esibì un sorriso per accoglierla.

«Ti vedo pallida», esordì la signora, accomodandosi nella confortevole poltroncina davanti al tavolo su cui Alberta le avrebbe mostrato la lingerie più elegante.

«Aspetto le vacanze per andare in montagna, dove spero di prendere un po' di colore. Lei, invece, ha l'aria radiosa di sempre», replicò, sfoderando tutta la sua professionalità.

La signora le sorrise con aria comprensiva e attaccò a raccontare: «Mia figlia Margherita, la maggiore, si sposa a primavera. Voglio regalarle un po' di camicie da notte, vestaglie, sottovesti e quelle robe lì... come si chiamano... slip? Ai miei tempi si chiamavano mutande, ma si sono così ridotte che quel nome, slip, gli calza a pennello».

Alberta conosceva la figlia, che aveva superato i trent'anni da un pezzo e sceglieva sempre biancheria color avorio, perciò disse: «Congratulazioni! Il solito avorio, vero?»

«Congratulazioni un cavolo!» sbottò la signora Mariani, che aveva il dono della schiettezza e non faceva mistero dei fatti di famiglia, quelli confessabili. E proseguì: «Si è scelta un palestrato tutto muscoli, zero cervello e nessuna voglia di lavorare. Tempo un anno e il matrimonio sarà già sfasciato. Comunque, i figli fanno quello che vogliono e se ne infischiano dei nostri consigli. Poi vengono a lamentarsi perché sono nei guai».

Ad Alberta sembrò che quel discorso potesse riguardare anche lei e considerò fortunata Margherita Mariani perché, secondo il pronostico materno, si sarebbe accorta dell'inaffidabilità del marito nel giro di un anno. Per lei ce n'erano voluti diciotto, il tempo di rinunciare a una laurea, a una professione, il tempo di sfiorire, se mai fosse stata una donna in boccio.

La sua autostima, conquistata grazie alla dedizione di Leo, rischiava di finire un'altra volta in cantina. Forse stava lavorando di fantasia, forse Leo era innocente, ma intanto lei era sconvolta e benedisse il ritorno di Gianna, che l'avrebbe aiutata a servire le clienti che affluivano come mosche al miele.

Non era sicura che Leo la tradisse, ma se il sospetto fosse diventato una certezza, lei sarebbe morta di dolore.

«Alberta! Stai male?» Gianna aveva notato il suo disagio.

«Sì. Prendo un taxi e vado a casa.»

Raramente, in diciotto anni, aveva mancato un giorno di lavoro. Quanto alla salute, mai un'influenza, nemmeno quando Leo agonizzava febbricitante e lei lo curava con sciroppi e semolini.

«Finirò per contagiarti», si preoccupava lui.

«L'erba grama non si ammala e non muore mai», replicava lei, scherzosa. Invece adesso si sentiva ammalata.

Quando Leo si era laureato in scienze della comunicazione e, dopo uno stage di sei mesi, era stato assunto alla Kontré, una multinazionale tedesca con sedi in Italia, Francia, Gran Bretagna e Usa, era entrato nello staff del marketing che promuoveva caffè selezionatissimo e macchine d'uso casalingo per prepararlo. Lo stipendio era ottimo.

Allora avevano deciso di lasciare il minuscolo appartamento di periferia, in cui avevano abitato fino a quel momento, per trasferirsi in un quartiere quasi centrale. Avevano acquistato un attico in un condominio elegante in via Bronzino, accollandosi un mutuo importante, perché Leo si era detto sicuro di poterlo affrontare.

Negli anni lo avevano arredato secondo il loro gusto e lì, qualche volta, Leo invitava a cena i colleghi e Alberta sfoderava tutto il suo orgoglio di padrona di casa e di moglie appagata.

* * *

Ma non si sentiva più né orgogliosa, né appagata quando scese dal taxi davanti al portone del suo palazzo. La portineria era ancora chiusa e l'atrio immerso nel silenzio. La maggior parte dei condomini era al lavoro, mentre i loro figli erano a scuola o in qualche centro sportivo. Il condominio si sarebbe animato la sera, quando tutti rientravano.

Varcò la soglia del suo appartamento e fu investita dal calore proveniente dall'impianto di aria calda. Lo spense immediatamente, perché le sembrava di soffocare. Scalciò via le scarpe, si svestì in fretta e si infilò nel letto. Era stanchissima e pensò che, se fosse riuscita a dormire, al risveglio avrebbe ritrovato la lucidità necessaria per valutare la situazione. Si avvolse nelle coperte e scivolò in un torpore denso come metallo fuso. Alla fine si addormentò.

La svegliò una mano asciutta e fresca che le sfiorava la fronte. Leo era chino su di lei e i suoi occhi celesti, più che le parole, le dicevano il suo amore sconfinato e la sua dedizione.

«Che ore sono?» volle sapere Alberta.

«Le sei», disse Leo sedendosi in pizzo al letto, e domandò: «Come ti senti?»

«Non so...»

«Ti ho cercata sul cellulare, a metà pomeriggio, e non rispondevi. Allora ti ho chiamata al negozio e Gianna mi ha riferito che eri tornata a casa perché stavi male. Ho lasciato tutto per correre qui. Non vorrai ammalarti, spero», le sussurrò con voce carica di pena.

Alberta ricordò tutto in un istante, mentre il marito le accarezzava il viso e i capelli con paterna tenerezza.

Quanto era piacevole il suono della sua voce e rassicurante il tocco gentile della sua mano! Com'era possibile che un uomo così dolce e innamorato potesse tradirla? A quel punto le venne il dubbio che non fosse lui la persona vista al tavolo del ristorante con quella bionda.

Alberta disse: «Non è il caso di allarmarsi».

Con quest'affermazione rispose a Leo e ai suoi dubbi, che andavano comunque chiariti.

«Cosa posso fare per te?»

«Lasciarmi riposare ancora un po'.»

Allora Leo accostò una sedia al letto, posò sulle ginocchia un fascio di documenti e disse: «Io lavoro qui, vicino a te».

«Ho freddo», si lamentò lei.

«Anch'io. Hai spento il riscaldamento. Ora vado a riattivarlo», disse lui, discreto come sempre.

Alberta si assopì di nuovo e quando era ormai sera si svegliò ritemprata. Leo le era sempre accanto e le sorrise.

«Va meglio?» domandò speranzoso.

Lei annuì, e lui le sfiorò la fronte con le labbra. «Ti preparo la cena.»

Alberta guardò suo marito come se fosse un estraneo. Viveva con lui da diciotto anni, credeva di conoscerlo meglio di se stessa e all'improvviso era sfiorata dal dubbio che avesse una vita parallela di cui lei non sapeva niente. In questa esistenza parallela c'era anche un'amante? Avrebbe voluto domandargli: «Chi è la bionda?» Ma prima aveva bisogno di capire se la tradiva davvero e perché. Il perché poteva dipendere dal fatto che anche lui si era sentito tradito dalla vita quando aveva perduto suo padre e sua madre?

Leo era cresciuto senza i genitori, che erano morti insieme in un incidente stradale. Tornavano dai campi a bordo del loro sconquassato furgone quando un camion li aveva travolti in pieno. All'epoca, lui aveva nove anni e il giorno della tragedia era nella piazza del suo paese, arroccato sui monti della Calabria ionica, a giocare a pallone con altri ragazzini. Il prete era uscito dal portale della chiesa con la sua veste nera svolazzante, aveva sceso la scalinata e lo aveva agguantato per una spalla.

«Vieni con me», gli aveva intimato, sospingendolo all'interno della navata. Poi si era seduto su una panca, accanto a lui, e guardandolo negli occhi gli aveva annunciato: «È successa una disgrazia».

«A me lo dite, don Giuseppe?» lo aveva interrogato il ragazzino, che fremeva per tornare dagli amici.

«Te lo dico, perché riguarda la tua mamma e il tuo papà.»

E continuava a fissarlo, senza proseguire.

La luce dorata del tramonto penetrava nella chiesa con un pulviscolo iridescente in continuo movimento. Leo sentiva le voci eccitate dei suoi compagni, lo schiocco del pallone che veniva colpito, il latrato lontano di un cane.

«Vi ascolto», aveva detto infine.

«I tuoi genitori non ci sono più», si era deciso a rivelare il sacerdote, artigliandogli una spalla ossuta.

Leo si era scrollato dalla sua presa. Il pulviscolo dorato era diventato opaco, le voci dei compagni si erano spente e lui aveva respirato odore di polvere, di ceri accesi, di incenso.

«Intendete che sono morti?» aveva domandato in un soffio.

«Insieme, nello stesso istante», aveva confermato don Giuseppe.

Sulle labbra del ragazzino si era disegnato un sorriso incredulo perché la notizia terribile andava oltre la sua capacità di comprensione.

Quella notte aveva dormito dai nonni e, il mattino dopo, erano arrivati da Milano la zia Rosaria e lo zio Nino.

La zia Rosaria era la sorella minore della sua mamma. Si era sposata da poco con un calabrese arcigno e supponente. Dopo i funerali, c'era stato un incontro con tutti i parenti. Leo era stato allontanato con gli altri bambini, mentre in casa si consumavano discussioni e bibite fresche. Alla fine, la zia Rosaria era comparsa sull'uscio con il marito per annunciargli: «Allora è deciso: tu vieni a Milano con noi».

Un giorno i suoi genitori erano stati sepolti nel cimitero del paese e il giorno dopo Leo saliva su un treno con due zii che conosceva appena e che lo conducevano via con loro, lontano lontano, verso la grande capitale del Nord di cui tanto si favoleggiava: Milano.

La zia Rosaria e lo zio Nino Chirico vivevano in un casermone di un brutto quartiere periferico, dove i palazzi erano alveari stipati di gente, le strade tutte uguali e l'orizzonte era disegnato da una teoria di fabbriche.

Ogni mattina, la zia prendeva la metropolitana per andare a servizio in alcune case del centro e lo zio montava su un furgone e girava per cantieri e discariche a fare incetta di ferri vecchi che rivendeva a un rottamatore. Leo lo accompagnava per aiutarlo. Nelle discariche, trovava spesso libri, riviste, quaderni di scuola, che raccoglieva e portava a casa.

Era estate. Leo, cresciuto in montagna tra il verde dei campi, subiva come un insulto il caldo devastante dell'appartamento minuscolo dove si sentiva un estraneo. Avrebbe voluto scendere sulla strada, che brulicava di ragazzini, ma la zia non glielo consentiva.

«Quelli sono figli di carcerati, spacciatori, puttane. Da loro puoi soltanto imparare a diventare un delinquente», gli diceva.

Effettivamente la polizia pattugliava spesso il quartiere e le sirene delle gazzelle e delle ambulanze, i controlli e le perquisizioni non erano un fatto eccezionale. Era davvero un insediamento rumoroso, se paragonato alla quiete del suo paese. Leo non sapeva come sfogare la vivacità e la voglia di giocare. Per fortuna aveva scoperto il piacere di leggere e la sera, dopo aver aiutato la zia a rigovernare la cucina, apriva la poltrona-letto, vi si distendeva e si immergeva nelle pagine che gli offrivano argomenti di ogni genere: dalle regole della grammatica italiana, alle guerre della Roma antica, a romanzi dalle copertine bellissime con titoli misteriosi: *La regina degli abissi*, *Il figlio segreto*, *Le notti del desiderio*. Erano storie d'amore che gli piacevano e capitava che le leggesse anche la zia Rosaria, mentre lo zio guardava le partite di calcio in televisione.

Nino Chirico non era cattivo, ma gli faceva cadere ogni cosa dall'alto, si lamentava per le troppe spese e non c'era verso di scucirgli una lira più del necessario. La zia, invece, era sempre allegra. Sapeva, perché glielo avevano diagnosticato in ospedale, che non avrebbe mai potuto avere bambini, e considerava Leo come figlio suo. Le dispiacevano la malinconia e la solitudine che a tratti leggeva negli occhi del nipotino il quale non aveva versato una sola lacrima per la morte dei genitori anche se, lei lo sentiva, gli mancavano.

Quando, a quattordici anni, aveva concluso la scuola media, lo zio aveva deciso: «Adesso sei grande e devi andare a lavorare. Finora ti abbiamo mantenuto noi, ma è arrivato il momento che tu contribuisca alle spese».

Sua moglie aveva protestato. «Il ragazzo è portato per gli studi. I professori mi hanno detto un gran bene di lui. Con qualche sacrificio, si potrebbe...»

Suo marito non aveva voluto sentire ragioni. Da sempre risparmiava per avviare un'attività più redditizia e non voleva saperne di pagare gli studi al nipote acquisito.

I due avevano litigato per questo, la zia aveva addirittura pianto, ma alla fine l'aveva spuntata lo zio.

Leo era andato a lavorare in un garage con officina annessa, ottenendo dallo zio il permesso di iscriversi a una scuola serale. Poco prima di dare la maturità, a diciannove anni, aveva incontrato Alberta.

Giorno dopo giorno, Leo si era aperto con lei e, finalmente, aveva pianto la morte dei genitori. C'erano voluti dieci anni, e l'incontro con la donna della sua vita, perché le lacrime sgorgassero come un torrente in piena.

A lei aveva rivelato tutto: la sua solitudine di bambino orfano, il pudore di chiedere ai parenti qualcosa oltre il necessario, la frustrazione di sentirsi inferiore persino ai compagni di scuola, lavoratori come lui, ma meno soli.

Leo aveva sfiorato le corde della tenerezza e della passione che Alberta non sapeva di possedere ed era stata lei a incoraggiarlo a studiare, mentre lo zio Nino borbottava: «Studia e vedrai a che cosa ti serviranno i libri. Soltanto a creare un disoccupato in più. Per fortuna ci sono io e, dopo che avrò una bottega avviata, lavorerai con me. Quando sarò vecchio, l'attività passerà a te».

A Leo la bottega non interessava. Lui voleva essere uno di quegli uomini di successo che parcheggiavano le grosse cilindrate nei garage del centro, sempre ben vestiti, con in mano la cartella di pelle. Voleva occupare un posto importante in una grande azienda e viaggiare in tutto il mondo.

Alberta lo capiva e lo esortava: «Dacci dentro, perché puoi farcela e io ti sosterrò sempre».

Quel ragazzo bellissimo e intelligente, che le raccontava i suoi sogni, la colmava d'amore e la stordiva di parole, che riusciva persino a farla sorridere nei momenti più accesi della loro passione, era il suo tesoro e lei si sentiva finalmente appagata e sicura di sé.

La prima volta in cui si erano amati erano in un alberghetto di campagna nel Pavese, dove si udivano ronzare gli insetti e gracidare le rane. Quel giorno, distesi nello stesso letto che profumava di lavanda, Leo le aveva sussurrato le più belle parole d'amore che una donna potesse sentirsi dire. E non aveva ancora smesso di farlo.

Alberta si domandò se suo marito ripeteva quelle stesse parole alla bionda avvolta nel visone. E non solo. Si chiese anche se quelle parole, che la facevano sorridere e la lusingavano, gli venissero dal cuore o fossero soltanto una pessima recita, perché a questo punto aveva il dubbio di non conoscere affatto l'uomo che aveva sposato. Chi era Leo Croce? Era quell'amore di marito che la corteggiava da tempo immemorabile o era quel seduttore dal sorriso intrigante che aveva visto al ristorante con la bionda?

«Tesoro, c'è della mozzarella fresca. Ti preparo una caprese? È ora di cena», disse lui, ignaro dei pensieri burrascosi di Alberta.

«Non ho fame. E voglio crogiolarmi nel letto ancora un po'», rispose lei, perché aveva bisogno di riflettere.

E cominciò a porsi una serie di quesiti, primo fra tutti: «Chi è la bionda?» E poi: «Da quanto tempo dura questa storia, ammesso che ci sia una storia?» E infine: «Come ho potuto non accorgermi che frequentava altre donne?»

La risposta all'ultimo quesito era la più semplice: non se n'era accorta perché si fidava di suo marito come di se stessa. Se Leo le telefonava per avvisarla che sarebbe rincasato molto tardi, lei non indagava, perché era evidente che stava lavorando. Quando erano insieme e magari il cellulare squillava, lui si eclissava subito in un'altra stanza, ma lei sapeva che si isolava per non essere disturbato dal frastuono dell'aspirapolvere o dallo scroscio dell'acqua nel lavandino o dal fracasso delle pentole che andava impilando nei cassetti. Leo portava spesso dall'ufficio il lavoro che poi svolgeva a casa in silenzio, quando lei dormiva, ma lasciava fuori dalla porta i problemi che lo assillavano. Su questi era molto riservato.

E quando viaggiava, era solo o aveva compagnia? Non se lo era mai chiesto. Sapeva soltanto che, dovunque andasse, tornava sempre con un regalo per lei. Erano piccole cose, ma scelte con cura: una collana di cristallo dalla Boemia, un gingillo di porcellana dall'Ungheria, un kilt scozzese dall'Inghilterra, una stampa antica da Parigi scovata al mercato delle pulci.

Non c'era mai stata una discussione spiacevole tra loro. Leo era un tesoro: ogni donna avrebbe voluto un marito come lui, invece era toccato a lei, che lo aveva costruito pezzo per pezzo e, alla fine, il risultato era stato fantastico. Nelle sere d'inverno, qualche volta si mettevano davanti al caminetto acceso. Leo si accucciava ai suoi piedi, le posava la testa in grembo e lei gli parlava dolcemente arruffandogli i capelli. Leo mugolava come un cucciolo e Alberta si gonfiava di orgoglio e di felicità.

Quale donna avrebbe potuto immaginare che un marito così avesse una doppia vita?

Il secondo quesito – da quanto tempo Leo la tradiva, ammesso che la tradisse? – non aveva risposta. La bionda poteva essere soltanto l'ultima di una lunga serie. Non aveva dubbi sul fatto che lui le volesse sinceramente bene. Ma da qui a essere innamorati, ce ne passa. Lei era ancora innamorata, lui forse fingeva di esserlo. Certamente aveva trovato in lei una specie di moglie-madre che suppliva tardivamente al ruolo della mamma di cui la sorte l'aveva privato.

Leo era giovane, bello e intraprendente e lei era stata una sciocca a non immaginare che potesse sentirsi attratto da donne altrettanto giovani, belle e disinibite. Era sicura che a vent'anni non la tradiva e nemmeno più avanti, quando aveva cominciato a lavorare alla Kontré. Era totalmente assorbito dai suoi obiettivi e non aveva il tempo né la voglia di cercare distrazioni. A trent'anni, Leo si guardava continuamente alle spalle per non essere scalzato dalla sua posizione ed era concentrato sul traguardo successivo.

Tre anni prima era diventato direttore marketing per l'Italia.

«Questo è il massimo», le aveva spiegato. «Sopra di me c'è l'amministratore delegato, che, ovviamente, è un tedesco nominato dalla casa madre. Io non sarò mai amministratore delegato, perché non conosco la lingua.»

«Mettiti a studiare il tedesco, allora. Tutto può accadere», lo aveva spronato lei.

Leo si era iscritto a un corso serale, ma dopo pochi mesi aveva rinunciato.

«Non ce la faccio. Mi sbattono di qua e di là come una trottola, mi manca il tempo per studiare e frequentare le lezioni. Oltretutto sto togliendo ore preziose a noi due. Già adesso stiamo insieme troppo poco. Tu, piuttosto, potresti tornare all'università. Molla il tuo lavoro e laureati», le aveva detto.

«Non ne ho più la voglia. Alla mia età, anche se mi laureassi, sarei esclusa da tutti i concorsi. E poi mi piace lavorare tra le sete e i pizzi. Mi diverte intrattenere le clienti più difficili, ascoltare le loro storie che non sono mai noiose. Quel negozio è una terrazza panoramica sui vizi e le virtù del nostro tempo. Magari un giorno potrei scrivere un saggio, o un romanzo, su quello che vedo e che sento», aveva risposto lei.

Forse Leo aveva cominciato a tradirla quando si era sentito ben saldo sulla poltrona di direttore marketing e aveva deciso che quello era il tetto delle sue ambizioni. Solo allora aveva cominciato a guardarsi intorno e a rendersi conto di essere un maschio molto appetibile.

Ricordò che un anno prima, in autunno, aveva avuto un breve ripensamento riguardo alla sua carriera. Tornando da una riunione a Berlino le aveva annunciato: «L'anno prossimo, l'attuale amministratore delegato lascia l'incarico per limiti d'età. Pare che ci siano tre candidati alla successione e un uccellino mi ha sussurrato che io sono tra questi».

«Ma il tuo tedesco è penoso e molto limitato», aveva obiettato lei.

«Appunto. Non mi nomineranno. Francamente, poi, non ci tengo proprio», aveva tagliato corto lui.

Ora ipotizzò che Leo avesse rinunciato con tanta leggerezza perché forse aveva qualche altra distrazione.

Poiché la stanchezza era passata, si alzò, andò in bagno e si fece una doccia. Indossò un pigiama di flanella di cotone, si avvolse in una morbida vestaglia e dischiuse la porta della sala da pranzo che faceva tutt'uno con il salotto. Leo aveva acceso il caminetto e sedeva a tavola gustando le lasagne che lei aveva cucinato il giorno prima. Sul tavolo, accanto al piatto, c'era un libro corposo che stava sfogliando con aria concentrata. Erano settimane che non si separava da quel volume. Ora ricordò di averlo scorto anche quel mezzogiorno, sul tavolo del ristorante.

Era un manuale fitto di diagrammi e tabelle numeriche che Leo sembrava studiare con molto interesse.

Spalancò la porta ed entrò nel salone rischiarato da lampade a stelo che diffondevano una luce calda.

Leo le andò incontro pulendosi la bocca con un tovagliolo di carta.

«Ciao, tesoro», l'accolse sorridendole. E soggiunse: «Mi sentivo molto solo senza la mia topolina».

Le circondò le spalle con un braccio e la guidò verso il divano, davanti al caminetto.

«Va meglio?» domandò sollecito, coprendole le ginocchia con un plaid di lana.

Alberta annuì.

«Allora, vuoi mangiare qualcosa? Se non ti va la caprese, posso farti una pastina in brodo», le propose.

Guardalo, com'è premuroso! Che si senta in colpa? Forse sta semplicemente recitando il ruolo, consolidato negli anni, del marito che mi colma di attenzioni. Chi lo sa? Io non lo conosco più, ragionò tra sé.

«Grazie, ma non voglio niente», rispose, con voce neutra.

«Tu ti dai da fare per me da una vita. Per una volta, lascia che sia io a curarti un po'. Sei così pallida e stanca...» sussurrò lui.

Si mise alle sue spalle e le posò le mani sulla fronte, attirando la sua testa contro il proprio bacino con una lieve pressione. Lei si abbandonò a quella presa dolce e benefica. Sulla nuca sentiva il calore del ventre di suo marito. Era sul punto di domandargli a bruciapelo: «Con chi te la fai?» Lui avrebbe finto di cadere dalle nuvole e quando lei gli avesse raccontato di averlo pizzicato mentre pranzava e amoreggiava con una bionda in visone, avrebbe giurato e spergiurato che non era vero niente, oppure avrebbe detto che la bionda era una cliente e quello era un pranzo di lavoro. Allora Alberta sarebbe stata tentata di schiaffeggiarlo. Lui, ormai con le spalle al muro, si sarebbe difeso e, forse, le avrebbe restituito le sberle.

No, non si sarebbe abbassata a tanto. Però non poteva tollerare più a lungo una situazione di stallo. In quel momento ebbe un'idea folgorante.

«Mangerei volentieri un gelato», disse.

«Ne abbiamo nel freezer?» domandò Leo.

«Mi sa di no. Comunque controlla.»

«Freezer vuoto», annunciò Leo, dopo l'ispezione.

«Allora... non fa niente», sussurrò con aria rassegnata.

«Sì che fa. Vado di corsa a comperare...

quanto? Mezzo chilo? Un chilo è meglio. Fragola e limone, i gusti che ti piacciono.»

Ormai era nell'ingresso e si stava già infilando il piumino. Appena la porta si richiuse, lei agguantò il cellulare del marito, in carica sulla credenza che separava la zona pranzo dal salotto. Selezionò l'icona dei messaggi ricevuti. Il primo risaliva alle undici e venti di quella mattina. Il mittente era una certa Sarah. Lo aprì e lesse: «Sono libera dalle 13 alle 15,30. Più di 2 ore solamente per noi. Mangiamo insieme al solito posto, prima di salire da me».

Eccola lì, la biondazza! Si chiamava Sarah.

«Verme!» sibilò, mentre il cuore le esplodeva nel petto. Subito dopo, con la mano che tremava, fece scorrere i messaggini inviati e trovò la risposta di Leo: «Affare fatto. Un pranzo veloce e, dopo, due ore di sfinimento. Giuro che rimarrai senza fiato».

L'umiliazione la sopraffece ed esplosero le

lacrime. Ora capiva perché da tanto tempo non faceva l'amore con lei.

«La puttana lo prosciuga...» constatò a fior di labbra, mentre il dolore la attanagliava.

A quel punto le tornò in mente la previsione realistica di suo padre che, tanti anni prima, l'aveva avvisata: «Se, e quando, sarà arrivato al traguardo, ti darà un calcio nel sedere e buonanotte ai suonatori». E immaginò il giorno in cui Leo le avrebbe dato il benservito per mettersi definitivamente con la bionda.

Si asciugò le lacrime e fu assalita da una collera furibonda, più contro se stessa che contro il marito. Capì che, per diciotto anni, aveva visto solamente quello che voleva vedere e creduto in ciò che voleva credere per appagare il suo bisogno di sentirsi amata e sicura di sé. La realtà, invece, smentiva senza equivoci il suo bel sogno d'amore. Tempestò di pugni il bracciolo del divano, mentre ripeteva: «Sono stata una stupida. La mia favola bella è finita nella solita squallida storia di corna e di bugie». Ora doveva prenderne atto e agire di conseguenza.

Le discussioni, i pianti, le lacrime non avrebbero risolto il problema. Quasi senza accorgersene, allo scompiglio delle emozioni si sostituì una calma glaciale. Così com'era stata determinata nel dedicargli tutta se stessa, con altrettanta determinazione avrebbe pianificato il distacco dal marito.

Proprio in quel momento Leo irruppe nel soggiorno come una folata di vento gioioso.

«Gelato alla fragola e limone per la mia Alberta!» esclamò posando sulla credenza, accanto al cellulare, il contenitore di polistirolo sigillato. Le diede un bacio veloce sui capelli e schizzò in cucina a preparare le coppette e i cucchiaini.

È felice come una pasqua, pensò Alberta. E quale uomo non lo sarebbe dopo due ore trascorse a letto con l'amante? È probabile che non pensi nemmeno di lasciarmi. Perché dovrebbe rinunciare a una moglie che si preoccupa di facilitargli la vita, che lo ama ciecamente e non dubita di lui? Qua ci sono io, altrove ha il suo parco giochi. Questa è la massima aspirazione del maschio latino. Ma non ha fatto i conti con la mia dignità offesa.

Mentre Leo armeggiava in cucina, sentì il bisogno di sfogarsi con la mamma e raccontarle tutta la sua amarezza.

Ma le tornò in mente un giorno di qualche anno prima, quando i suoi genitori erano venuti a vedere l'attico appena acquistato. Sua madre aveva sgranato gli occhi di fronte al palazzo signorile con giardino condominiale e all'appartamento con salone, tre stanze, due bagni, ampia cucina, grande terrazzo fiorito e due ingressi, quello padronale e quello di servizio.

«Hai avuto ragione tu», le aveva sussurrato, mentre lei sorrideva orgogliosa per aver puntato sul cavallo vincente.

Adesso poteva forse darle un dolore? Povera mamma! Avrebbe preso su di sé la sofferenza della sua bambina e, probabilmente, con il buon senso delle donne di una volta, le avrebbe consigliato: «Fa' finta di niente. Sii paziente e intelligente. Il marito che prende una sbandata non è una novità. Gli passerà. Gli uomini, si sa, sono dei farfalloni, svolazzano ubriachi intorno alla lampada rischiando di bruciarsi. Qualcuno, effettivamente, si brucia. Ma non Leo. È troppo attaccato a te per rischiare di perderti. Certo che se gli avessi dato un figlio... senza contare che io avrei avuto un nipotino. I figli sistemano tante cose. Dai tempo al tempo e vedrai che tutto si aggiusta».

Queste parole l'avrebbero fatta infuriare ancora di più. Conosceva più di una donna che aveva creduto di aggiustare la situazione con un figlio e invece aveva solamente affrettato lo sfascio.

Quanto alla sterilità del loro matrimonio, c'era da dire che sia lei sia Leo ne avevano discusso e concluso che stavano bene così, da soli. Si dicevano che i figli non basta farli, dopo c'è la seccatura di crescerli. Era inutile cercare un confronto con sua madre.

Di nuovo, si profilò la visione della bionda.

Da dov'era spuntata? Non poteva essere una dipendente della Kontré. Leo teneva troppo alla sua posizione nell'azienda per metterla a repentaglio con una relazione clandestina. A differenza degli italiani, che sulle questioni di sesso erano molto tolleranti, i tedeschi non avrebbero gradito la trasgressione. Dunque, bisognava cercare l'amante fuori dall'azienda. Dove? Le venne in mente la palestra.

La Kontré aveva un accordo con un lussuoso centro sportivo in piazza Diaz. Leo ci andava la sera dopo l'ufficio, un paio di volte la settimana. Aveva anche insistito, nei primi tempi, perché lei lo accompagnasse. Alberta lo aveva accontentato, ma non aveva resistito a lungo. Là dentro c'erano troppe donne fantastiche davanti alle quali avvertiva tutta la sua inadeguatezza. Suo marito non le notava, lei sì. Ma adesso rifletté che forse le vedeva benissimo e appena lei si era chiamata fuori, lasciandogli campo libero, si era imbarcato con una di quelle. Il tipo lo conosceva. Erano donne che frequentavano le palestre per rimorchiare qualche maschio, indossando tute griffate, ostentando seni rifatti, griffati anche quelli, e labbra a canotto, sul punto di scoppiare.

Intanto, ignaro dei suoi tormenti, Leo si era seduto di fronte a lei e, insieme, cominciarono a gustare il gelato nelle orribili coppette di porcellana blu e oro, dono di nozze della zia Rosaria, che ora lavorava nella bottega di ferramenta acquistata dallo zio Nino. Il negozio funzionava bene e tuttavia lo zio non smetteva di spaccare il soldo in quattro, lamentandosi per le tasse esorbitanti e dichiarando che, alla sua morte, tutto sarebbe passato a Leo.

«Se la tua grande multinazionale chiude, tu

come rimani? La mia bottega, allora, potrebbe farti comodo», diceva. E aveva risparmiato anche sul dono di nozze.

«Com'è andata la tua giornata?» si decise a chiedere Alberta.

«Come tutte le altre. Niente di eccitante», rispose Leo, lanciandole un'occhiata preoccupata. E soggiunse: «Mi sembra che tu stia meglio, però non capisco il tuo malessere. Sei andata in giro, oggi? Hai preso freddo?»

«Ero passata dal negozio in corso di Porta Romana a sostituire le tue scarpe e... a proposito, le ho perse», rispose impassibile.

«C'ero anch'io in corso di Porta Romana. Avrei potuto cambiarle io e non le avrei perse... con quello che costano.»

«Che cosa ci facevi in Porta Romana?» domandò lei a bruciapelo.

«Lavoro», rispose Leo dopo un istante di esitazione, con una improntitudine da schiaffi.

Alberta ebbe voglia di urlare, di riempirlo di

insulti, di sbugiardarlo e le costò molta fatica controllarsi.

«Lo sai che sei strana, stasera? Io ti parlo, mi preoccupo per te, ma tu non sei qui, sei lontana anni luce. Che cosa ti succede, tesoro?» la incalzò, scrutandola con apprensione.

Alberta pensò che solamente un grande professionista della menzogna poteva assumere le sembianze del marito ansioso mentre si portava ancora addosso l'odore del tradimento recente.

Si impose di restare calma, di dimenticare i messaggini letti sul cellulare, di fingere che tutto fosse come sempre.

«Dammi il tempo di riprendermi», rispose, guardandolo nei bellissimi occhi azzurri.

«Tesoro, tu hai bisogno di riposare. Io sono un egoista, ti lascio sola a risolvere tutti i problemi e le seccature di casa e, alla fine, basta un colpo di freddo e crolli. Ti prometto che, in montagna, farai una vacanza di tutto riposo», disse e allungò una mano ad accarezzarle una spalla.

Com'era bello e desiderabile quell'impostore che lei stava cominciando a conoscere solo ora.

Se negli ultimi diciotto anni non lo avesse visto, giorno dopo giorno, crescere come una pianta rigogliosa e solida, ma lo avesse incontrato adesso, si sarebbe fiondata dalla sua amica Tatiana a farsi agghindare perché lui la trovasse irresistibile.

Tatiana era una cinquantenne esperta di «trucco e parrucco» che lavorava negli studi della Rai a Milano. Alberta l'aveva conosciuta qualche anno prima, quando Marta Piccini l'aveva mandata alla sede di corso Sempione con alcuni preziosi capi di lingerie per una sfilata televisiva di moda intima.

La truccatrice aveva capito il valore di quella biancheria e si era preoccupata che le modelle, spesso incuranti dei capi indossati, non combinassero guai. In quell'occasione, le due si erano incontrate e subito intese.

In seguito, Tatiana era andata nel negozio di via Montenapoleone sperando, poiché era il periodo dei saldi, di fare incetta di biancheria raffinata a prezzi vantaggiosi. I capi di Marta Piccini erano sempre gli stessi, classici e intramontabili. Alcuni finivano dimenticati in fondo agli scaffali. Alberta li acquistava per sé e per le amiche a prezzi irrisori e riservò a Tatiana, che aveva un debole per la biancheria di seta, lo stesso trattamento. L'altra gliene fu grata e, dopo la prima scintilla di simpatia, era nata tra loro l'amicizia.

Una domenica, erano andate al cinema a vedere un film con Monica Bellucci e, all'uscita, poiché Alberta era sola, Tatiana l'aveva invitata a mangiare a casa sua.

Durante la cena, commentando il film, Alberta aveva espresso un rammarico: «Per una volta nella vita mi piacerebbe sapere che cosa si prova a essere bella come la Bellucci». E aveva soggiunto amaramente: «C'è chi nasce bella e chi no. Io sarò sempre una che passa inosservata».

Allora l'amica l'aveva convinta a lasciarsi truccare, pettinare e vestire da lei.

«Quando avrò terminato il lavoro su di te, voglio che tu veda come potresti essere», le aveva detto. «Nessuno ti nota, perché tu fai di tutto per scomparire. In realtà hai una bella faccia e un fisico notevole. Valorizza i doni che la tua mamma e il buon Dio ti hanno dato. Se ti lasci sistemare un po' te lo dimostro», aveva insistito Tatiana.

Mentre la truccava e la pettinava, le raccontava di tante star della televisione che passavano per essere bellissime.

«Le vedessi quando si presentano al trucco! Sono un vero disastro, soprattutto quelle piene di botox e filler. Hanno una pelle devastata, capelli sfibrati, cellulite dappertutto, ma dopo che si sono vestite e truccate a dovere, bucano lo schermo.»

Rassegnata, Alberta l'aveva lasciata fare, convinta comunque che dai pennelli e dai colori di Tatiana non sarebbe uscito niente di apprezzabile. Si era lasciata sistemare anche i capelli, che l'amica definiva quattro spinaci color pantegana, accettando perfino di infilarsi in un abito in raso di seta verde smeraldo, piuttosto scollato e molto aderente. Dopo quasi due ore, che le erano sembrate un'eternità, Tatiana aveva annunciato: «Adesso puoi guardarti allo specchio».

Alberta ci aveva messo qualche secondo a realizzare che la donna riflessa di fronte a sé era lei.

«Allora?» l'aveva sollecitata l'amica, fiera del lavoro compiuto.

«Ma questa qui sono proprio io?» aveva sussurrato incredula.

«Sei tu nel momento in cui ti sei presa il disturbo di curarti un po'», le aveva risposto Tatiana.

Sembrava una modella. L'abito sottolineava un corpo perfetto, i tacchi vertiginosi esaltavano le gambe bellissime, l'acconciatura, raccolta ad arte sulla nuca, lasciava sfuggire minuscole ciocche accattivanti e il viso era quello di una ragazza. All'improvviso, gli occhi erano diventati immensi e languidi, le labbra sembravano dire «baciami», gli zigomi rosati accentuavano la linea delicata delle guance e impreziosivano il nasino da cammeo.

«Se tante donne belle e famose ti vedessero, schiatterebbero d'invidia», aveva annuito Tatiana.

«E io dovrei andare in giro così?» aveva chiesto Alberta, per niente a suo agio dopo quella trasformazione.

«Non te l'ha mica ordinato il dottore. Puoi continuare a vestirti come una zitella inglese, a pettinarti come una suffragetta, a mostrare un viso scialbo e anonimo. Però ricorda di non incavolarti il giorno in cui tuo marito si lascerà catturare da una che sarà come sei tu adesso», aveva pronosticato l'amica.

«È un rischio che non correrò mai. Lui mi ha conosciuta e amata per quella che sono e non per come potrei essere dopo ore di tortura cinese. Critichiamo tanto le donne orientali che si ingabbiano dentro il burka, e non ci rendiamo conto che le donne occidentali, per piacere ai maschi, si umiliano molto di più. Body-building, chirurgia estetica, tacchi stratosferici, abiti stretti fino a mozzare il respiro sono costrizioni vergognose. Noi donne emancipate siamo schiave dell'uomo tanto quanto le donne musulmane. È un'oppressione che non accetto», aveva dichiarato Alberta, affrettandosi a lavarsi il viso, a spazzolarsi i capelli e a rimettersi il suo tailleur grigio di buona lana inglese, pratico e confortevole, perché soltanto così si sentiva se stessa. Senza contare che tutti quegli artifici implicavano uno spreco di tempo e di energie che lei voleva impiegare diversamente.

Le sue giornate erano frenetiche, dovendo lavorare in casa e fuori, al punto che proprio in quei giorni Leo le aveva proposto: «Perché non prendiamo un aiuto? Possiamo permettercelo».

Ma lei si era quasi offesa. «Ti pare che le tue camicie non siano ben stirate? Che la casa non sia abbastanza ordinata? Che i miei pranzetti lascino a desiderare?» gli aveva chiesto con aria di sfida.

«Mi sembra soltanto che tu stia lavorando troppo.»

Ora, mentre sbirciava di sottecchi il suo bellissimo marito, Alberta si convinse di essere stata molto sciocca a non curarsi un po'. Ma non poteva farsene una colpa, dal momento che lui aveva sempre giurato di amarla così com'era.

«Tu mi preoccupi», disse Leo, spingendo da parte la coppa del gelato ormai vuota.

«È un problema tuo. Io non sono preoccupata.»

«Mi stai osservando in un modo che non mi convince», spiegò lui.

Il traditore comincia ad annusare puzza di bruciato, pensò Alberta.

E le sfuggì un sorriso amaro. Non sapeva ancora che cos'avrebbe detto o fatto l'indomani, ma sentì che doveva assumere un'aria impenetrabile, per non lasciar trapelare la sua amarezza.

Così gli accarezzò la mano che lui le tese ed esclamò: «Oggi devi aver avuto una giornata più massacrante della mia, se arrivi al punto di vedermi negli occhi qualcosa che non ti convince». Quindi si alzò e, avviandosi verso la camera da letto, annunciò: «Stasera non me la sento di mettere a posto la cucina».

Leo la raggiunse poco dopo, mentre lei fingeva di leggere un romanzo. Si infilò sotto le coperte, le diede un bacio sulle labbra e le sussurrò: «Cerca di riposare e domani stai in casa al calduccio. Il negozio andrà avanti anche senza di te. Tu, invece, finirai per ammalarti seriamente se non ti riguardi».

«Ci penserò», rispose e spense la luce.

Leo prese sonno quasi subito e quando il suo respiro divenne lento e regolare, Alberta seppe che si era già addormentato profondamente. Allora sgusciò fuori dal letto e, a piedi nudi, tornò nel soggiorno.

Il cellulare del marito era ancora lì, in carica sulla credenza. Alberta se ne impossessò un'altra volta e di nuovo sfogliò l'elenco dei messaggi. Quelli in memoria risalivano all'inizio del mese. Lesse il primo di Sarah: «Ieri hai battuto la fiacca. Hai paura di esaurire le forze? Sei un leone e domani dovrai dimostrarmelo. Devi lasciarmi senza fiato».

Suo marito le rispondeva: «Mi doveva capitare proprio una stacanovista come te! Se domani crollo, sarà soltanto colpa tua, comunque farò del mio meglio per essere all'altezza delle tue aspettative».

«Porco!» sibilò Alberta tra i denti, richiudendo il cellulare sopraffatta dal disgusto e dalla collera. Non voleva indagare oltre su quella che palesemente si rivelava come una storia di sesso assatanato. Se non altro, i due non dichiaravano di amarsi, ma quanto al resto... Leo l'aveva ingannata davvero in tutti i sensi, perfino a letto.

Lei aveva conosciuto un amante tenero, premuroso, delicato. Era stato bravo a tenerle ben nascosto il suo lato focoso e passionale. Forse il suo erotismo sfrenato si era manifestato in tempi più recenti con la bionda in visone e, probabilmente, con qualche altra venuta prima di lei. A quel punto immaginò lenzuola aggrovigliate, corpi sudati e frementi, sentì mugolii di piacere, urla soffocate, percepì odore di sesso selvaggio, e infine il ronronnio appagato di Leo che, come un gatto, si rannicchiava soddisfatto accanto al corpo dell'amante di turno e si addormentava. Faceva le fusa anche con lei, dopo che avevano fatto l'amore, e lei lo accarezzava sopraffatta dalla tenerezza.

L'uomo che amava non era quello che emergeva dai messaggini sul cellulare. Suo marito le aveva mentito su tutti i fronti.

«Porco!» tornò a ripetere, in un sussulto di puro odio.

Non poteva subire passivamente un affronto simile. Leo avrebbe pagato a caro prezzo il tradimento di una vita. Diciotto anni di bugie e di sfruttamento intensivo della sua dabbenaggine avevano un costo: la vendetta.

Ma la vendetta è un piatto che si serve freddo e lei avrebbe pianificato la giusta punizione con molta calma.

Guardò il cielo. Una stellata così non l'aveva vista mai. In altri tempi l'avrebbe considerata di buon auspicio e anche ora, mentre si imponeva la calma, quella stella cadente in prossimità del Natale le diede un brivido, perché la percepì come un segno del cielo che descriveva la parabola della sua storia d'amore: dalle vette incontaminate del firmamento alla palude melmosa della menzogna. Come la loro storia d'amore. In quel momento Alberta smise di amare Leo. Richiuse sul cielo stellato la tenda della portafinestra e aprì un cassetto della credenza in cui erano stipate alla rinfusa le fotografie di tutta una vita. Trovò la busta gialla cha Tatiana le aveva spedito tempo prima, con le istantanee che aveva voluto scattarle dopo aver rivoluzionato il suo aspetto. C'era anche un biglietto, che diceva: «Guarda come saresti favolosa, casomai decidessi di darmi retta».

Alberta allineò le foto sul tavolo e le osservò a lungo mentre si domandava se non fosse arrivato il momento di presentarsi al mondo nello splendore del technicolor. In fondo non ci voleva molto per trasformarla in un oggetto del desiderio: bastavano un trucco sapiente, la pettinatura giusta e un abito da velina. Si disse che, per presentarsi così agli occhi degli altri, le rimaneva appena una manciata di anni, poi sarebbe scivolata nel ridicolo. Ma non era una fatica da poco imporsi quel genere di costrizione. Come contropartita, forse si sarebbe ripresa quel traditore di suo marito. Ne valeva la pena? Dopo avergli dedicato da sempre tutte le sue energie, adesso doveva pure imporsi la fatica di farsi bella per lui? Non ci penso proprio, decise. Con Leo aveva chiuso. Casomai poteva considerare l'idea di curarsi per dimostrare a se stessa che era una donna desiderabile, perché non c'era dubbio che l'Alberta di quelle fotografie era uno schianto, probabilmente più appetibile della bionda che se la intendeva con suo marito. Forse era arrivato il momento di rifarsi dei lunghi anni di rinunce e sacrifici, di sottomissione al ruolo di ancella fedele. Le venne una voglia pazza di prendere a calci nel sedere il principe regnante. Forza, Alberta, hai solamente quarant'anni e devi recuperare il tempo perduto, si disse.

Chissà se la stella cadente era davvero il suo angelo custode, sceso sulla Terra per aiutarla a ritrovare il suo orgoglio di donna e a prendersi la rivincita sull'altro sesso che l'aveva sempre ignorata!

Ora doveva mantenere la calma e pianificare con lucidità la vendetta. Di nuovo, rientrò nella camera da letto e scivolò accanto al marito che continuava a dormire come un bambino.

Nonostante le poche ore di sonno, il mattino seguente Alberta si presentò al negozio puntuale come sempre.

«Stai bene?» le domandò subito Gianna.

«Va meglio», si limitò a replicare lei.

In realtà Alberta aveva soltanto voglia di piangere e raccontare la sua disperazione, perché a quarant'anni si ritrovava più sola di quando ne aveva diciotto e si sarebbe dovuta abituare presto a una vita nuova, senza il marito.

«Da come ti ho vista ieri, avrei scommesso che oggi non saresti venuta a lavorare. Quindi niente influenza, per fortuna. Allora, sei per caso incinta?» le chiese di nuovo.

«Gianna, per favore, non dire idiozie», tagliò corto Alberta.

«Non ci sarebbe mica niente di strano. Il mio secondo figlio l'ho avuto giusto alla tua età, lo sai.»

«E non eri contenta.»

«Adesso, però, lo sono, perché i bambini mi danno tanta gioia. Certo non è facile tirare avanti con il mio stipendio e la cassa integrazione di mio marito. Se non fosse per l'aiuto dei nostri vecchi, saremmo alla canna del gas.»

Chiacchieravano mentre rinnovavano i capi esposti nelle vetrine, vaporizzavano nell'aria un'essenza alla lavanda e sostituivano i fiori appassiti con altri appena arrivati dalla bottega di Margherita in via Brisa.

Gianna rabboccò di bonbon al cioccolato le coppette di porcellana a disposizione della clientela, Alberta accese la macchina del Nespresso e preparò i primi due caffè della giornata, uno per Gianna e l'altro per sé, con una deliziosa miscela alla vaniglia. Mancavano pochissimi giorni a Natale e si prevedeva un buon afflusso di clienti dell'ultimo minuto.

In novembre la proprietaria, che già a primavera aveva iniziato a lamentarsi, aveva pronosticato che l'anno si sarebbe chiuso con un sei per cento in meno rispetto al precedente. «Con la crisi che morde alla gola, anche le nostre clienti storiche fingono di subirla e spendono meno.»

Diceva la verità, ma non considerava che da mesi andavano a ruba le pianelle in raso di seta e gli accappatoi di ciniglia, articoli con prezzi abbordabili e un margine di guadagno notevole. Poi c'era il Natale, che avrebbe consentito di recuperare quella lieve flessione, e non bisognava trascurare i turisti danarosi.

«Sui turisti non dobbiamo contare, perché vanno e vengono. Gli arabi e i russi stanno sparendo, stendiamo un velo pietoso sui poveri giapponesi dopo lo tsunami e il disastro nucleare. Adesso abbiamo i ricchi cinesi, tra qualche anno avremo i facoltosi indiani. Certo che ci aiutano a restare a galla, però che malinconia! Mia madre si era fatta un nome confezionando i corredi per personaggi famosi come Farah Diba, la principessa Margaret e Jacqueline Kennedy. Ma io dubito che questa Kate che ha sposato il principe William sappia che esiste il marchio Piccini, tra i più prestigiosi del mondo. La nostra risorsa è la clientela italiana. Ho qualche difficoltà anche su Roma e Firenze. Dobbiamo resistere, ragazze», aveva concluso con amarezza appena qualche settimana prima. «Se va avanti in questo modo, i miei figli erediteranno soltanto debiti.»

Marta Piccini era fatta così: bastava un niente per scatenare il suo pessimismo. Una volta al mese partiva dalla villa nel Chianti, al centro di un borgo rinascimentale che ospitava anche i laboratori della sua produzione, per fare il giro delle boutique di Roma, Firenze, Milano e Verona. Ne aveva una anche a New York, ma di quella se ne occupavano le figlie. Piombava nei negozi, verificava i conti e poi se ne andava, lasciando il personale con i presagi più cupi.

Quella mattina si presentò verso mezzogiorno annunciando: «Ho pranzato con uno che sta al ministero delle Finanze. Le previsioni per l'anno prossimo sono catastrofiche. Per fortuna la disgrazia non ci toccherà...»

«Ho sentito bene?» bisbigliò Gianna, stupita.

«È di buon umore», confermò Alberta, mentre la padrona si rintanava nel retro, a controllare i registri di carico e scarico. In negozio c'erano alcune clienti occasionali che palpeggiavano le sete e si informavano sui prezzi. Poi finirono per acquistare diverse paia di ciabattine da regalare per Natale.

Quando il negozio si vuotò, le due commesse passarono nel retro. La signora Piccini le vide comparire e cinguettò: «Come vi dicevo, per l'anno venturo possiamo stare tranquille».

Dalla solita pasticceria erano arrivati un plateau di tartine al salmone e caviale, un panettone e una bottiglia di brut F.lli Berlucchi nel secchiello del ghiaccio.

«È per augurarvi buone feste», annunciò la padrona con un sorriso che le andava da un orecchio all'altro. «So bene che tuo marito è un cassintegrato e che hai due figli da crescere», soggiunse rivolgendosi a Gianna e le mise in mano una busta chiusa. «Per ora e, anche per l'anno prossimo, il tuo stipendio è assicurato e questa è la tredicesima con una bella gratifica.» Poi si girò verso Alberta: «Tu non sei con l'acqua alla gola, ma lo stesso riconoscimento vale anche per te», disse, invitandola a sedersi, mentre lei stappava lo spumante.

Gianna, che aveva quasi le lacrime agli occhi, domandò: «Che cos'è successo, signora?»

«Pare che questo autunno voi due abbiate accolto molto bene una signora francese di passaggio che è rimasta colpita non solo dalla raffinatezza dei nostri capi, ma anche dalla vostra cortesia e professionalità. Non potevate sapere che era la prima moglie del sultano del Bahrein. La signora ha preso contatto con i nostri uffici e, ieri, è arrivato un ordinativo strabiliante. L'uomo ha altre due mogli e otto figlie femmine. Dobbiamo rifornirle di biancheria per il giorno e la notte. Trenta pezzi di corredo intimo per ognuna di loro. Abbiamo assicurato il lavoro alle nostre biancheriste e alle ricamatrici per almeno un anno. Devo dire grazie a voi due», spiegò, tutta felice e soddisfatta.

Gianna e Alberta sapevano che quell'ordinativo per centinaia di migliaia di euro era destinato a portarne altri, perché anche le donne che fanno parte di un harem non sono diverse dalle altre. Avrebbero parlato, mostrato la lingerie di Marta Piccini alle amiche e sarebbero piovute nuove richieste. Se le clienti straniere non le gratificavano, erano tuttavia preziose in questo momento di crisi.

Marta Piccini brindò con loro e ripartì per la sua casa in Toscana, lasciando intatto il raffinato rinfresco.

«Perché non ti porti tutto a casa?» propose Alberta alla collega, mentre tutt'e due addentavano una tartina al caviale. «C'è da sfamare un esercito e il panettone se lo spazzoleranno i tuoi bambini.»

Gianna, che aveva aperto la sua busta e guardato la consistenza della gratifica, si commosse.

Era davvero con l'acqua alla gola, perché il Natale, per la sua come per tante altre famiglie, era una calamità. Tutti si aspettavano un regalo e lei non avrebbe saputo come pagare la rata del mutuo per la casa che scadeva a fine anno. La somma generosa che la padrona le aveva riconosciuto le era sembrata un salvagente che, all'improvviso, la liberava dall'incubo di trovare i soldi.

«Ma tu te la ricordi questa cliente francese?» domandò ad Alberta.

«Ne abbiamo servite più di una, in autunno», rispose lei.

«Be', una di queste faceva parte di un harem! Da non credere. Ricca fin che vuoi, ma schiava, costretta a dividere il marito con altre donne. Non cambierei la mia miseria con i suoi soldi», sostenne Gianna.

Alberta scosse il capo e, con aria funerea, sussurrò: «Quelle, almeno, sposandosi sanno che cosa le aspetta: è tutto alla luce del sole. Noi, invece, rischiamo di far parte di un harem senza saperlo. Francamente, mi sembra peggio». Bevve un altro sorso di champagne e sbottò: «Mio marito mi tradisce».

«Chi, Leo?» si stupì Gianna.

«Chi altri? Ho un marito solo.»

«Non dire sciocchezze. Quello vive solamente per te!» si accalorò l'amica.

«Lo credevo anch'io.»

«Che scoppola! Ma sei sicura?»

Alberta si limitò ad annuire.

«Come lo hai saputo?»

«Dal suo cellulare. Ho letto i messaggini deliranti tra lui e l'altra.»

«Non mi dire! Gli uomini, a tutti i livelli, lasciano sempre dietro di sé le tracce delle loro malefatte. Sono proprio stupidi», ragionò la collega.

Tra loro scese il silenzio, mentre Alberta avvolgeva nei tovaglioli di carta le tartine avanzate e le infilava in un sacchetto, perché Gianna potesse portarsele a casa con il panettone ancora sigillato.

«Be', son cose che capitano... A volte succede perfino che siano le mogli a tradire», mormorò Gianna, riordinando il tavolo.

«Grazie! Ora che lo so mi sento meglio», osservò acida Alberta.

«Sei proprio arrabbiata», constatò Gianna.

«E profondamente offesa», soggiunse Alberta.

«Leo sa che tu sai?»

Alberta scosse il capo.

«Giusto, è meglio far finta di niente, tanto... prima o poi queste cose passano», ragionò l'amica.

«Lo dici perché hai già vissuto l'esperienza?»

«Ti prego, con tutti i problemi che ho, ci mancherebbero pure le corna! E poi il mio Gino non sarebbe una tentazione per nessuna donna. Forse non mi ha mai tradita, perché non lo hanno mai provocato, mentre il tuo Leo...»

«È un tipo da rivista patinata, lo so», sospirò Alberta. E soggiunse: «Se lui mi avesse detto: 'Alberta, non ti amo più', oppure 'Mi sono innamorato di un'altra', avrei sofferto, ma avrei anche potuto capire. Quello che mi ferisce è la menzogna, perché lui continua a recitare la parte del marito fedele».

«Probabilmente si sente in colpa, forse sta soffrendo anche lui», ragionò Gianna.

Quell'osservazione fece infuriare Alberta. «Tu sei tutta scema!» sbottò, ricordando i messaggini indecenti tra Leo e la bionda. «Se si sentisse in colpa, non abbasserebbe con tanta disinvoltura la lampo dei pantaloni!» urlò.

Gianna conosceva Alberta da troppo tempo per lasciarsi intimorire dal suo tono furibondo. Desiderava invece consolarla.

«Santo cielo, non so cosa dirti... Mi dispiace... con i tempi che corrono e gli esempi che ci vengono dall'alto! Questi uomini che vanno con le escort con la stessa disinvoltura con cui vanno a Messa. Nessuno si indigna sul serio, c'è perfino chi applaude. Noi, che siamo persone semplici, lo troviamo un comportamento indecente, ma tanti altri no. Chissà, forse pensano che sia un modo per stare al passo con i tempi.»

C'era un tale candore nelle parole della collega che Alberta riuscì a sorridere.

E non poté fare a meno di considerare quanto il travisamento delle parole stesse modificando la realtà. Dopo la fantasia al potere era arrivata al potere la menzogna per cui chi era colpevole di grandi misfatti diventava un semplice peccatore e, come tale, veniva assolto.

Allora domandò: «Per essere al passo con i tempi, come definisci una donna tradita dal marito?»

«Una che se l'è cercata. Il mondo è pieno di donne affascinanti, mentre tu non ti valorizzi. Qui dentro vai benissimo così, perché non fai ombra alle clienti, ma con un marito che gira il mondo e chissà quante belle donne vede, la tua modestia ti si ritorce contro. Scusami, Alberta, ma dopo tanti anni che lavoriamo insieme, adesso devo dirtelo: te la sei proprio cercata», sbottò a sua volta la collega.

«Grazie tante! Un briciolo di solidarietà non ti veniva proprio, vero?»

«Quella ce l'hai, e al tuo posto sarei anch'io furibonda e offesa. Al tuo posto lo butterei fuori di casa e mi rifarei una vita. Magari, cercando di curare un po' di più il mio aspetto. Pensaci, perché sei ancora in tempo.»

In tempo per che cosa? si domandò Alberta. Paragonò la sua vita a un cumulo di macerie e non seppe immaginare quanto tempo le sarebbe servito per ricostruire, pietra su pietra, un'esistenza nuova. Suonarono alla porta del negozio.

«Me ne occupo io», si offrì Gianna, che stava ripassando il piano del tavolo con un canovaccio umido.

«No, ho bisogno di non pensare. Me la sbrigo io», disse Alberta.

Uscì dalla stanza sul retro e accolse l'avvocato Pancani che entrava nella bottega con la grazia di un elefante in una cristalleria.

«Sono di corsa, signora Alberta», esordì avanzando con cautela, data la mole, e rischiando di travolgere un tavolino e due seggioline. Quindi soggiunse, allungandole un foglietto spiegazzato: «Il solito regalo di Natale per mia moglie e mia figlia Antonella. Le taglie le sapete, la mia segretaria ha scritto qui i modelli e i colori. Mi fa avere i pacchetti allo studio, per favore? Nel caso le mie donne passassero di qui, mi raccomando, lei dica che ho scelto tutto io».

Era la stessa raccomandazione di ogni Natale. In gennaio, la medesima pantomima si sarebbe ripetuta con la consorte e la figlia del Pancani, che venivano a farsi cambiare modelli e colori, pregando di non farne parola con l'avvocato.

Dopo aver assolto quel compito ingrato, il principe del foro milanese trasse un sospiro liberatorio e schizzò fuori come se fosse inseguito dai lupi.

In quel momento Alberta pensò che avrebbe potuto rivolgersi a lui per chiedere la separazione da Leo, ma questo significava raccontargli tutto di sé, delle sue insicurezze, dei lunghi anni di lavoro e sacrifici per facilitare l'affermazione del marito. Insomma, avrebbe dovuto mettersi a nudo. E se, nonostante l'apparenza irreprensibile, il Pancani fosse stato un tipo bugiardo come Leo? Per la legge non scritta della solidarietà tra maschi traditori, avrebbe magari provato a dissuaderla da un taglio drastico. Era più prudente affidarsi a un avvocato donna. Ne conosceva un paio che avevano la fama di essere molto feroci verso i consorti fedifraghi.

Voglio che Leo rimanga in mutande, per quello che mi sta facendo, si disse e provò a immaginare il momento in cui suo marito avrebbe ricevuto la convocazione dallo studio legale.

Si sarebbe presentato con l'aria della vittima, dapprima avrebbe finto dolore e smarrimento e poi negato ogni colpa, facendola passare per matta.

Le sembrava di sentirlo difendersi: «Mi creda, avvocato, io sono innocente. Alberta è tutta la mia vita. Mai e poi mai potrei tradirla. Forse mia moglie sta attraversando un periodo difficile e io non me ne sono reso conto. Probabilmente è caduta in depressione per il troppo lavoro e ora vede fantasmi. Ma perché non me ne ha parlato direttamente, invece di rivolgersi a lei? Non è da Alberta una decisione del genere. Mia moglie è malata, si fidi».

Di fronte a quest'uomo affascinante, che parlava con proprietà e garbo, anche la professionista più agguerrita avrebbe perso ogni sicurezza e quando Leo l'avesse invitata a esibire le prove della sua infedeltà, lei si sarebbe resa conto che la causa era persa in partenza, perché di prove non ce n'erano, se non la buona fede di Alberta che aveva visto Leo con la bionda e letto messaggini infuocati che, probabilmente, lui aveva già cancellato.

«Chiedere la separazione per colpa è la via sbagliata», rifletté a mezza voce mentre cercava negli scaffali i capi ordinati dall'avvocato Pancani.

«Lo credo anch'io», confermò Gianna, comparendo al suo fianco.

Aveva finito di riordinare la stanza sul retro e nell'avvicinarsi alla collega aveva colto la sua constatazione amara. Alberta premette di nuovo il pulsante per aprire la porta: c'erano altri clienti in arrivo. Con un sospiro, raddrizzò le spalle e si appiccicò sul volto il sorriso accattivante della commessa premurosa ed efficiente.

Erano una coppia di cinesi dall'aria danarosa. Lei indossava una pelliccia di zibellino dal taglio sportivo che le stava malissimo e, togliendosi i guanti, ostentò un diamante grosso come un chicco d'uva che invece le stava benissimo.

Quand'era bambina, la sua nonna le raccontava degli anni grami di prima e dopo la guerra: «Ma i più poveri tra i poveri, quelli che mi stringevano il cuore e mi facevano pena, erano certi sparuti cinesini, magri come un Cristo crocefisso, che andavano per le strade tenendo al collo una cassetta di legno piena di cravatte di seta cinese. Dicevano: 'Clavatta, clavatta, compela bella clavatta, gentile signola'. Anch'io ero povera, ma una cravatta gliela prendevo volentieri».

Alberta pensò che probabilmente questi clienti erano i nipoti di quei poveri tra i poveri.

Ormai conosceva i gusti degli orientali e sciorinò per loro il meglio in fatto di ricami e pizzi. Se ne andarono dopo aver speso una cifra esorbitante senza battere ciglio, lasciando l'indirizzo a cui recapitare gli acquisti, quello di un albergo in via Monte di Pietà, famoso perché ospitava la clientela facoltosa e grossolana che veniva da Paesi extraeuropei.

Erano soltanto le quattro del pomeriggio e sembrava già notte. Le luci natalizie rischiaravano a festa le vie di Milano, una città che aveva ben poco da festeggiare.

Alberta si guardò in uno dei tanti specchi che costellavano le pareti del negozio: era proprio scialba, insignificante. Come da ragazza, restava sempre una donna invisibile. Eppure, tanti anni prima, Leo l'aveva vista, l'aveva guardata con ammirazione e desiderio e si era innamorato di lei.

Alberta ricordò il giorno in cui era entrata nel garage vicino a casa con la sua utilitaria color panna, nuova di zecca. Gliel'avevano regalata i genitori quando era al terzo anno di lettere.

«Non penserai di posteggiarla sotto casa, eh?» l'aveva avvertita il padre. «Se va bene, nel giro di due ore la trovi senza ruote.»

La sua zona era erroneamente definita un quartiere dormitorio. In realtà, nessuno dormiva mai in quelle case che brulicavano di attività più sotterranee che palesi. Certo, c'erano anche famiglie oneste come la sua, che si erano abituate a convivere con la malavita e i suoi traffici – prostituzione, spaccio, furto – praticati non solo di notte, ma perfino in pieno giorno. La polizia conosceva tutti e tutti conoscevano i poliziotti che perlustravano le strade per pura formalità, limitandosi a intervenire quando arrivava un ordine dall'alto o quando, raramente, si verificava un fatto di sangue.

«Qui nessuno tocca le macchine dei residenti», aveva obiettato Alberta, che conosceva la zona in cui abitava solo in superficie e le dispiaceva che i suoi dovessero sobbarcarsi anche il costo del parcheggio in un garage. Quel giorno suo padre si era visto costretto a spiegarle alcune regole del quartiere.

«Se non vuoi che ti danneggino l'auto devi pagare un pizzo. La cifra è irrisoria, rispetto ai prezzi di un'autorimessa, ma pagare significa riconoscere questa regola e sottomettersi. Io non voglio farlo, ma non mi va neppure di inimicarmi i vicini. Hai capito perché non possiamo lasciare la macchina in strada?»

Alberta aveva annuito.

Le regole non scritte del quartiere in cui era nata e cresciuta non le importavano più di tanto. Invece era grata ai genitori per quel regalo che significava la fine di lunghi tragitti su autobus e metropolitane stipati fino all'inverosimile per andare e tornare dall'università. La sua macchinetta era come una minuscola casa viaggiante in cui si sentiva protetta, al sicuro.

Quel giorno era davvero contenta e aveva anche deciso che, dopo la laurea, avrebbe ricompensato i suoi dei tanti sacrifici che facevano con gioia per lei.

La sera aveva posteggiato l'auto nuovissima in garage e il mattino seguente, alle sette e mezzo, era andata a riprenderla per raggiungere l'università. Lì aveva incontrato Leo e la sua vita era cambiata.

Leo era soltanto una sagoma scura dietro i vetri sporchi della guardiola. Quando si era avvicinata, la sagoma era uscita allo scoperto e lei si era trovata di fronte un ragazzone atletico in tuta blu, con la faccia più bella del mondo. Lui le aveva sorriso come se dovesse reclamizzare un dentifricio per denti bianchissimi.

«Sono Leo. Posso esserti utile?» le aveva chiesto in un italiano privo d'accento.

Era iniziato l'autunno. Nell'aria si respirava il presagio di un temporale. Alberta indossava un impermeabile chiaro sopra l'abito grigio di maglia leggera, portava comode scarpe senza tacco e a tracolla una borsa a cartella piena di libri.

Aveva guardato ammutolita quel bellissimo ragazzo dall'aria schietta, impiegando qualche secondo a ritrovare la parola. Infine, aveva ricambiato il sorriso e risposto: «Sono Alberta. Prendo la mia fuoriserie». Con la mano aveva indicato l'utilitaria fiammeggiante, posteggiata in seconda fila.

«Aspetta, ti libero lo spazio per farti uscire», le aveva detto Leo.

Mattina dopo mattina, scambiandosi qualche parola, avevano cominciato a conoscersi.

Leo le aveva raccontato di aver perso entrambi i genitori laggiù al Sud e di essersi trasferito a Milano quando aveva nove anni. Da allora viveva con gli zii in quel quartiere. Davvero strano che non si fossero mai incontrati prima.

«Un giorno avrò un buon lavoro e lascerò questa zona che non mi piace e in cui continuo a sentirmi come un estraneo», le aveva detto.

Una volta le aveva parlato della dolcezza della zia Rosaria e della taccagneria dello zio Nino. Un'altra volta della scuola serale che frequentava ormai da cinque anni.

L'autunno era scivolato verso un inverno particolarmente rigido. La vigilia di Natale lui le aveva offerto una rosa rossa.

«È per la tua pazienza nell'ascoltarmi», le aveva sussurrato. «Io ti racconto i miei sogni e tu mi prendi sul serio. Buon Natale, Alberta.»

Qualche volta lei si sorprendeva, nel bel mezzo di una lezione, a pensare a Leo e sulle labbra le nasceva un sorriso.

Quel giovane garagista, che parlava così bene e aveva un tratto quasi aristocratico, le piaceva tantissimo.

In un giorno di tarda primavera, Leo l'aveva avvicinata con aria esitante.

«A fine giugno darò la maturità. L'insegnante di storia mi ha chiesto di preparare una tesina sui mezzi e le vie di comunicazione dal Medioevo all'Ottocento. L'ho finita. Potresti leggerla per vedere se ho scritto qualche castroneria?»

Alberta l'aveva letta, ammettendo alla fine che non sarebbe stata in grado di scrivere meglio e con maggior rigore. Le informazioni erano particolareggiate e precise e il linguaggio era chiaro e scorrevole, a tratti addirittura brillante.

Questo è uno che andrà molto lontano, aveva subito pensato. Poi gli aveva detto: «Tu sei bravo, lo sai e hai voluto che leggessi la tua tesina perché lo sapessi anch'io».

«Sono pieno di insicurezze, faccio fatica a

conciliare scuola e lavoro, mi sembra di non studiare abbastanza e ci tengo tantissimo ad apparirti uno in gamba», aveva risposto lui.

«Perché?»

«Perché mi piaci, Alberta. La prima volta che ti ho vista ho pensato che avrei voluto passare con te tutta la vita. Ti sto dicendo cose più da uomo che da ventenne, ma sono cresciuto in fretta e nemmeno tu sembri una ragazza d'oggi. Per questo mi piaci».

Lei era arrossita come le ragazze di una volta, non aveva trovato una replica decente ed era filata fuori sgommando dal garage.

Leo si era diplomato con il massimo dei voti e, nella segreteria dell'università, Alberta aveva ritirato per lui i piani di studio per i diversi corsi di laurea. Avevano valutato insieme gli indirizzi più congeniali a Leo e individuato nella facoltà di scienze della comunicazione il percorso più interessante.

La sera dopo lui l'aveva invitata in pizzeria e lei aveva accettato.

Sembrava stanco e Alberta glielo aveva detto.

«Sono anni che dormo pochissimo dovendo studiare di notte. Prendere la maturità è stata una bella soddisfazione, ma non ce la faccio più ad andare avanti con questi ritmi e ho deciso di rinunciare ai miei sogni di gloria», le aveva annunciato.

«Non dire sciocchezze! Con i tuoi voti puoi ottenere una borsa di studio. Poi si vedrà.»

D'impulso, lui l'aveva baciata e a lei era sembrato di toccare il cielo con un dito. Finalmente aveva un ragazzo. Non uno qualsiasi, ma un tipo intelligente, tosto, determinato. Certo, anni di fatiche e la tensione degli esami lo avevano un po' depresso, ma non dubitava che avrebbe ripreso la sua strada. Il lavoro in garage era tempo sprecato. Quella sera Alberta aveva maturato la decisione più importante della sua vita: quando Leo le avesse proposto il matrimonio, lei avrebbe lasciato l'università e si sarebbe trovata un lavoro per aiutarlo.

Tornò a guardarsi allo specchio e si disse che l'amore del marito per lei era durato fin troppo a lungo. Per anni Leo l'aveva considerata desiderabile e la sua ammirazione era stata così appagante da indurla a ritenersi al di sopra di tutte le altre donne. Si era piazzata sulla cima dell'albero pretendendo di afferrare il sole ed era precipitata a terra, facendosi un gran male.

Non aveva mai fatto niente per farsi notare, a partire dall'abbigliamento. I suoi colori preferiti erano i non-colori: il grigio, più raramente il blu. Sia d'estate sia d'inverno portava soltanto tailleur di taglio maschile e scarpe stringate col tacco basso. Si tagliava i capelli da sé, senza badare se le stessero bene. Nella sua trousse del trucco naufragavano solitari una spazzola, il burro di cacao e una boccettina di profumo, sempre lo stesso, che Leo le regalava ogni anno a Natale.

Però c'erano quelle fotografie scattate da Tatiana che smentivano l'idea che Alberta aveva di sé.

«Smettila di arrovellarti», le consigliò Gianna, preoccupata.

«Stavo pensando che potrei andare io in Monte di Pietà a consegnare i pacchetti dei cinesi. E, dopo, potrei fare un salto dal parrucchiere», disse Alberta.

«Oh, brava, era ora! Questo è il modo migliore di reagire. Già che vai dal parrucchiere, fatti mettere un po' d'aria della Brianza sulla faccia, così tuo marito vedrà che cosa rischia di perdere», la spronò la collega.

Alberta volò fino all'albergo dei cinesi e poi si precipitò in corso Monforte, da Franco e Mimma, che conosceva dai tempi in cui avevano il salon de coiffeur a pochi passi dalla boutique di Marta Piccini. Appena la vide entrare, Mimma la guardò come se fosse un fantasma, perché erano anni che la invitava inutilmente ad affidarsi a lei.

«Alberta! Che cosa ti è successo?» esclamò.

«Voglio una testa da sballo», annunciò tutto d'un fiato, frenando l'impulso di rimangiarsi la decisione e fuggire.

Dopo quasi due ore di interventi laboriosi sul colore, sul taglio e sul trucco, Alberta non sembrava imparentata nemmeno alla lontana con la donna scialba di prima.

«Va bene se pago con la carta di credito?» domandò alla padrona.

«Dopo anni che ci conosciamo e i ripetuti inviti a farti guidare da noi, puoi considerare di averci fatto un regalo. Avete visto, ragazze, com'è bella la signora?» disse Mimma, radunandole intorno le lavoranti.

«Non posso accettare», protestò Alberta.

«Pagherai la prossima volta e, ricordati, ti vogliamo qui tutti i mesi», l'avvertì Mimma.

Alberta tornò in via Montenapoleone sentendosi più sicura di sé, anche se il dolore e la rabbia continuavano a tormentarla, ed entrò decisa in una boutique che vendeva abbigliamento un po' spericolato per i suoi gusti. Conosceva bene la direttrice, Anna Clara, con cui faceva spesso due chiacchiere in pausa pranzo al bar-tabacchi sull'angolo con via Verri.

Appena la vide, Anna Clara affidò a una collega la cliente che stava servendo e le andò incontro con gridolini di ammirazione.

«A momenti non ti riconoscevo, sei fantastica! È la prima volta che ti vedo pettinata sul serio e truccata. Adesso però ti rivesto, perché questo tuo loden triste e le scarpe da papera proprio non vanno...»

«Ti do carta bianca», disse Alberta.

«Dai, era ora di cambiare look», replicò l'altra, illuminandosi all'idea di scegliere degli abiti nuovi per una collega che aveva una taglia da indossatrice.

Quando Alberta uscì dal negozio erano quasi le otto di sera. Portava i suoi vecchi vestiti ripiegati in un sacchetto e sfoggiava un tailleur rosso fragola con un sottogiacca di cachemire viola intenso. Erano viola anche le scarpine di camoscio con un tacco di otto centimetri e il piumino caldissimo, stretto in vita da una fusciacca rossa. L'anonima commessa di Marta Piccini ora sembrava una ragazza di *Vogue*.

Mentre marciava con passo sicuro lungo la via, provò un'emozione inedita: molti passanti la guardavano con ammirazione. Per alcuni istanti dimenticò di essere una moglie tradita.

Quando rientrò, Leo era già a casa e lo sentì urlare dalla cucina: «Finalmente! Cominciavo a preoccuparmi...»

Comparve nel soggiorno, mentre lei era ancora nell'ingresso e slacciava la fusciacca rossa del piumino. La vide e i suoi bellissimi occhi celesti espressero tutto lo stupore per quell'improvvisa trasformazione.

«Buonasera, signora. Io sono Leo Croce. Con chi ho il piacere...?»

Lei lo fissò impassibile mentre, con gesti languidi, si toglieva il piumino. Emerse magnifica, filiforme, altissima sui tacchi delle scarpine viola, nello splendore del tailleur rosso fragola.

«Sa, sto cercando mia moglie da un paio d'ore, ma, come ieri, ha spento il cellulare», proseguì lui, guardandola come se fosse una visione.

«Il mio cellulare era spento perché, per la prima volta nella vita, mi stavo occupando di me stessa», replicò lei con un sorriso di ghiaccio.

«Lo vedo. Sei da urlo!» constatò Leo con un filo di voce.

«Lo sono sempre stata», replicò Alberta, odiandolo, mentre si avviava verso la camera da letto.

Sulla cassapanca sotto la finestra notò la

borsa da viaggio del marito. Lui aveva cominciato a riempirla con la biancheria di ricambio.

«Vai in gita di piacere?» lo provocò, iniziando a spogliarsi.

Allora lo smarrimento di Leo si tramutò in collera.

«Porco giuda, la smetti di fare la cretina?» urlò.

Mai, prima d'allora, aveva usato un linguaggio così aggressivo e volgare e lei fu sul punto di urlare a sua volta: «Perché dovrei, visto che tu hai cominciato a fare il puttaniere?» Invece si morse la lingua e tacque, limitandosi a guardarlo con aria di sfida. Leo era furibondo.

«C'è qualcosa che non so e che dovrei sapere? Io ho già le mie beghe di lavoro e non ho bisogno di una moglie che rincasa travestita da velina e mi guarda schifata dall'alto in basso come se fossi un verme. Se hai qualcosa da dire, dillo!»

Poi girò su se stesso e uscì dalla camera sbattendo la porta.

«Invece di sbraitare come un portuale, potresti almeno dirmi che sono bella!» gridò Alberta, con rabbia.

Lui tornò a spalancare la porta e sibilò: «Ma non lo sei! Ti sei conciata come una delle tante sceme che vanno in giro con l'aria di dire ai maschi: apri il portafogli e sarò tua». Il suo bel viso era stravolto dalla collera.

Tipo la bionda che ti sta spremendo come un limone, avrebbe voluto replicare Alberta. Ma ancora una volta si trattenne.

In tanti anni di vita assieme, era la prima volta che litigavano e la volgarità di quella discussione confermava il fatto che il loro matrimonio era al capolinea. A quel punto, tanto valeva sbattergli in faccia di aver letto i loro messaggi infuocati. Probabilmente Leo avrebbe reagito prendendola a schiaffi. Non lo avrebbe mai creduto capace di un gesto così violento, però non lo aveva mai conosciuto per come era, ma per come lui aveva finto di essere. Forse sarebbe riuscito perfino a dirle che l'aveva sposata per interesse, perché gli aveva facilitato la vita, ma adesso che era un uomo arrivato non aveva più bisogno di lei.

Decise che non poteva abbassarsi al suo livello, anche perché si sarebbe rimangiato tutta la sua tracotanza quando, al momento opportuno, lei avrebbe messo in atto la propria vendetta. Così sfoderò un sorriso mite e, con voce di miele, domandò: «Sono così orribile? Questo nuovo taglio di capelli non mi dona? Eppure, per la via, la gente si girava a guardarmi...»

«Tu hai sposato me o la gente?» chiese Leo, con voce ammansita.

Alberta, ormai in sottoveste, si infilò una vestaglia di flanella e, allacciando la cintura, rispose: «Ho sposato te, perché mi amavi e sapevo che non mi avresti mai tradita. E tu?»

«Io ti amo ancora e non ti tradirei mai. Ma

quella che amo è una donna acqua e sapone, a cui non piace travestirsi come se ogni giorno fosse carnevale, che ha una mente vivace, progetti bellissimi, le mani tenere, il cuore puro ed è bellissima così com'è. Adesso rivoglio indietro quella donna che, va' a capire perché, da ieri sembra aver perso il senno. Tesoro, per favore, lavati la faccia, mentre io preparo la borsa, perché domattina vado a Berlino.»

«Parti così... all'improvviso?»

«All'improvviso», annuì lui, che sembrava volesse aggiungere qualcos'altro, ma non lo fece.

«Parti da solo?» domandò Alberta con studiata indifferenza.

«Parto con il Ferreti e il Biraghi Porro. Domani alle undici ci sarà una riunione dei vertici, in vista dei nuovi assetti e delle strategie per il prossimo anno.»

Aveva la faccia stanca e il tono sincero.

Avrebbe potuto concorrere al premio di mister bugiardo. E lo avrebbe vinto.

«Quando torneresti?»

«Domani sono in riunione tutto il pomeriggio. Sabato ci sarà il solito pranzo di gala con i capi e, finito quello, torno a casa. Per allora, rivoglio la mia Alberta di sempre», concluse, chiudendo con uno schiocco la borsa da viaggio.

Lei andò in bagno a lavarsi il viso e dopo preparò la tavola aspettando che il minestrone di verdura si scaldasse.

Mentre cenavano, sbirciò di sottecchi il marito. Era silenzioso, sembrava preoccupato e molto teso. Se ne rese conto dalla vena che gli pulsava sulla fronte. Chissà se sospettava di essere stato scoperto. Se era così, si giustificava anche la sfuriata di poco prima.

«Sabato sera ci sarebbe da fare l'albero e mettere le lucine sul bersò del terrazzo perché domenica è la vigilia», disse lei, tanto per spezzare quel silenzio insopportabile.

Allora Leo le sorrise e le accarezzò una mano. «Credevi che me ne fossi dimenticato? Faremo tutto, come sempre.»

Finirono di cenare e, mentre lei rigovernava la cucina, lui si rintanò in soggiorno a guardare un film in tivù. Poco dopo spense il televisore, le augurò la buonanotte con un bacio sulla fronte e andò a dormire.

Alberta finì di riordinare, poi socchiuse la porta della camera da letto. Suo marito si era addormentato.

Allora si impadronì del suo cellulare e cominciò a scorrere l'elenco delle telefonate. Trovò le chiamate senza risposta fatte a lei, una andata a segno da parte della solita Sarah e, tra i messaggi, quello che Leo aveva scritto alla bionda nel pomeriggio. «A Berlino spero proprio di fare un grande exploit, che soddisfi tutti e due.» Dunque, Leo e quella là partivano insieme. Richiuse il telefonino con disgusto sibilando: «Porco, mille volte porco».

Si decise ad andare a letto, ma il sonno non arrivava, perché continuava ad arrovellarsi sul sistema migliore per porre fine al suo matrimonio.

Avendo già scartato l'idea di rivolgersi a un avvocato, forse sarebbe stato più semplice buttare Leo fuori di casa.

Poteva approfittare del viaggio a Berlino per infilare in una valigia la sua roba e lasciargliela sul pianerottolo, chiamando un fabbro per cambiare la serratura della porta in modo che al ritorno lui avrebbe trovato l'accesso sbarrato. Ma poteva farlo? L'appartamento apparteneva a tutti e due e lei non poteva sottrargli la sua metà. Forse Leo avrebbe suonato, bussato, telefonato supplicando di aprirgli, ma non avrebbe insistito più di tanto, perché sapeva di avere la coscienza sporca e ritrovarsi sfrattato senza preavviso era un messaggio inequivocabile, quello di essere stato scoperto e punito.

Forse avrebbe raccolto le sue cose e passato la notte in un albergo. O nel letto della bionda. Si accomodasse. Ma a quel punto sarebbe stato lui a ricorrere a un legale per reclamare la sua parte di casa. Molto bene, gli avrebbe dato del filo da torcere. La colpa era sua. E che non sperasse di arrivare a una mediazione, perché lei non lo voleva più tra i piedi. Intendeva rifarsi di tanti anni di sacrifici e rinunce tenendo per sé l'intero appartamento. Ma, allora, anche lei sarebbe stata costretta a prendersi un avvocato. E già immaginava mesi, forse anni, di odiose trafile legali e soldi per sostenerle. Lei aveva ragioni da vendere, lui aveva torto marcio, ma quando c'è di mezzo il tribunale, non sai come vanno a finire le cose. Era perfino possibile che, in conclusione, si ritrovasse «cornuta e mazziata». Decisamente, sbatterlo fuori di casa non era la soluzione più semplice.

Nel buio della disperazione, si accese una lampadina.

«Io lo ammazzo», sussurrò a denti stretti, perché un verme come Leo meritava soltanto di morire.

Lo avrebbe eliminato. Ma come? Con un colpo di pistola, che diamine! Peccato che non avesse una pistola. Però... poteva sempre procurarsela. Da *Ravizza*, in via Hoepli, vendevano armi di ogni tipo. Ma no, che stupida! Ci voleva il porto d'armi per comprarla. Senza contare che l'idea di impugnare un revolver la faceva rabbrividire. Non sapeva neanche se sarebbe stata capace di premere il grilletto. E, nel caso ci fosse riuscita, dove e quando l'avrebbe colpito? E poi uno sparo faceva un gran baccano. No, niente pistola. Il pugnale! O il tagliacarte. In quanti film aveva visto omicidi commessi con il tagliacarte? Quello, almeno, era silenzioso. Poteva pugnalare Leo mentre dormiva. Dove? Era importante sapere dove, perché il colpo fosse letale e non rischiasse di procurargli solo una ferita da cui poteva pure guarire. Poi immaginò il sangue. Pistola e pugnale facevano sgorgare tanto sangue. Dio mio, che schifo tutto quel sangue intorno, perfino sul bel tappeto bukhara pagato carissimo. Escluso.

Le serviva un omicidio meno sporchevole, che non lasciasse tracce. Ecco, il veleno! Sarebbe andata in farmacia a comperare del topicida. Ricordava un film di Agatha Christie dove un anziano signore veniva fatto fuori con il veleno per topi. Una morte un po' dolorosa per Leo, ma con conseguenze meno raccapriccianti.

Le conseguenze! Doveva pensare anche a quelle. Prima o poi l'avrebbero scoperta, perché il delitto perfetto non esiste, incriminata e condannata a passare anni in galera. Anni di galera per quel traditore?

Peggio della moglie che per punire il marito gli ha tagliato i corbezzoli! rimuginò tra sé, ormai vinta dalla stanchezza. Eppure, il verme doveva morire.

La sirena di un'ambulanza lacerò il silenzio della notte. Leo dormiva profondamente, ignaro dei pensieri di morte di Alberta che, nonostante fosse sfinita, non la smetteva di arrovellarsi.

Mancavano quarantotto ore alla vigilia di Natale e, per quel giorno, lei voleva diventare la vedova del dottor Croce.

Una morte accidentale, ecco che cosa le serviva. Quanta gente finiva sotto una macchina, precipitava in un burrone, si fulminava con la corrente... Gli incidenti mortali sono più frequenti di quanto si creda, rifletté Alberta. Per esempio, dopo Natale si sarebbero recati in montagna. Quanti sciatori andavano all'altro mondo travolti da una valanga o cadendo in un crepaccio? Perché non ci aveva pensato prima? Sarebbero partiti in due per le vacanze e poi lei sarebbe tornata da sola. Bastava guidarlo fuori pista e dopo... sull'orlo di un burrone... Però era sempre possibile che, tra i tanti turisti, qualcuno vedesse la scena, magari sospettasse... e, infine, la denunciasse. A quel punto dubitò della sua intenzione di ucciderlo.

Intanto doveva rassegnarsi a lasciarlo volare a Berlino, poi tornare, poi aiutarlo ad allestire le luci di Natale con il sorriso sulle labbra, senza far trapelare le sue intenzioni, reggendo la scala a libro mentre lui stava inerpicato lì, sul terrazzo...

La scala! Una luce improvvisa, accecante, illuminante, spazzò via tutte le sue stupide elucubrazioni. Da anni il marito e lei preparavano insieme l'albero di Natale nel soggiorno e, dopo, infagottati nei loro piumini, uscivano sul terrazzo, armati di collane di lampadine per ornare l'esile intelaiatura aerea che sosteneva il gelsomino. Lei teneva ben salda la scala a libro traballante, quando Leo si inerpicava a ridosso della balaustra esterna, e tirava un respiro di sollievo appena lui aveva finito di stare in bilico sull'ultimo gradino, perché ci voleva niente a precipitare dal sesto piano. Vide, come se fosse un film, tutti i passaggi di quella situazione rischiosissima: Leo che piazzava sul terrazzo la scala di alluminio e la apriva, con la ghirlanda di lampadine minuscole attorno al collo. Poi, un piolo dopo l'altro, saliva, fino ad arrivare alla piccola piattaforma e si teneva in equilibrio sul vuoto, mentre lei impugnava saldamente la scala per evitare che dondolasse. Come un equilibrista, Leo mollava ogni appiglio, cominciava a srotolare i fili elettrici e li faceva passare, su e giù, attraverso le sottili sbarre di ferro che sostenevano la ramatura del gelsomino. Iniziava sempre dal lato esterno, quello a strapiombo sul giardino condominiale. Ogni volta, Alberta tremava di paura per quell'operazione spericolata, durante la quale impiegava tutta la sua forza per tenere la scala ferma, perché sarebbe bastato un lieve cedimento e avrebbe iniziato a ondeggiare, facendo rischiare a Leo un volo fatale. E così ogni volta, a Natale, lei gli domandava: «Ma è proprio necessario mettere le lucine fino al bordo estremo?»

«La sera della vigilia, quando ceniamo nel soggiorno, mi piace guardare questo tetto luminoso. E piace anche a te», rispondeva lui.

Anche quella sera, prima di coricarsi, le aveva promesso che al ritorno da Berlino si sarebbe occupato delle luci. Nel film che stava facendo scorrere, Alberta lo vedeva ritto sulla minuscola piattaforma, mentre mollava ogni appiglio e, in bilico sul nulla, iniziava a srotolare i fili elettrici. Lei, che stava bloccando la scala con tutta la forza delle braccia e delle mani, all'improvviso mollava la presa. Leo perdeva l'equilibrio perché, senza un ancoraggio, la scala cominciava a ondeggiare: Leo mulinava le braccia cercando un appiglio che non c'era e, in un istante, precipitava a capofitto dal sesto piano, spiaccicandosi al suolo.

Sì, mille volte sì! Morte istantanea del traditore, arrivo dell'ambulanza che lo avrebbe trasportato cadavere all'ospedale per l'autopsia, mentre lei inscenava tutta la sua disperazione. Poi le visite di condoglianze dei parenti, dei vicini, dei colleghi, degli amici. Infine il funerale, con lei vestita a lutto a guardare la terra aprirsi pietosa per accogliere le spoglie di quel grande bastardo. Giustizia è fatta, avrebbe esultato dentro di sé, congratulandosi con se stessa.

«Mancano due notti al compimento della mia vendetta», bisbigliò, scavando una nicchia nel cuscino prima di abbandonarsi finalmente al sonno.

Il mattino, quando si svegliò, Leo se n'era già andato, lasciando in bella vista sul suo guanciale un foglietto: Sono le sei. Vado a Berlino. Ci vediamo sabato sera e voglio la mia Alberta di sempre. Un tenero bacio.

Ecco, pensò lei, arriva a Berlino e va in riunione, poi la sera si precipita in albergo dove lo aspetta la bionda con cui farà i fuochi d'artificio e ha pure la pretesa di volere la moglie smunta e scialba di sempre. Lo odio, lo odio, lo odio, perché non la smette di umiliarmi con le sue bugie. Era proprio il tipico marito italiano, avaro di sé con la moglie e pieno di fantasie perverse con l'amante. Lei era l'ancella fedele, la custode della casa, del conto in banca, del suo guardaroba sempre perfetto, la curatrice oculata dei suoi risparmi, la galoppina che faceva la spesa, pagava le bollette, teneva i rapporti con l'amministratore del condominio, seguiva le scadenze delle polizze, cucinava, riordinava e si occupava di tutte le altre noiose incombenze del vivere quotidiano. Leo non voleva perdere questa moglie così preziosa. Però, lontano da casa e dall'ufficio, aveva il suo luna park dove scatenava i bassi istinti, si rilassava e ricaricava le batterie, senza sentirsi in colpa. Alberta era sicura che la sua personale sala giochi non si scontrasse affatto con il suo concetto di vita coniugale.

Ecco perché si era tanto arrabbiato vedendola rincasare, la sera prima, trasformata in una specie di oggetto del desiderio, e perché aveva ribadito di volere accanto a sé la donna di sempre. Aveva una paura folle che qualcuno potesse privarlo della sua quieta esistenza domestica, quando finiva di lavorare e di trastullarsi con la bionda. Ma lei voleva un marito che le stesse accanto non per comodità, bensì per amore.

Le tornò in mente il piano per eliminarlo architettato durante la notte e mentre preparava il caffè si domandò, con lucidità, se fosse attuabile. Passò in rassegna le fasi della realizzazione e decise che la sorte o, meglio, il suo angelo caduto dal cielo per soccorrerla le aveva suggerito la soluzione migliore… e definitiva.

Nessuna via legale, niente veleni, pistole o pugnali, ma una sacrosanta conclusione che filava liscia, pulita, senza intoppi né spiacevoli conseguenze per sé.

Bevve l'ultimo sorso di caffè in piedi, dietro i vetri della portafinestra del soggiorno, osservando il pergolato del terrazzo, mentre immaginava il momento in cui il marito si sarebbe trovato in bilico nel vuoto.

«Mio amatissimo Leo», mormorò fra sé, «anche una moglie devota, ingenua e fiduciosa ha dei sentimenti. Tu li hai feriti, calpestati, umiliati. E questa moglie non ti perdona. Devi morire.» Si domandò: Verrò mai sopraffatta dal rimorso? E subito si rispose: È escluso. Lei non era un'assassina, ma una donna che, per continuare a vivere, doveva farsi giustizia.

Più tardi si presentò in negozio con due virgole bluastre sotto gli occhi che denunciavano una notte insonne e la tensione per un gesto definitivo che avrebbe posto fine al suo matrimonio.

«Hai litigato con tuo marito?» le chiese Gianna, che aveva notato subito la pettinatura nuova e il colore caldo dei capelli, ma anche la sua faccia spossata.

«Ieri sera ero truccata e vestita a festa. La cosa non gli è piaciuta nemmeno un po'», rispose Alberta.

«I mariti infedeli sono anche capaci di fare i gelosi», ragionò la collega. E soggiunse: «Chissà com'eri carina e a lui, temendo la concorrenza, è venuta la strizza. Vedrai che chiuderà la storia con la bionda e rientrerà di corsa all'ovile. Brava, Alberta! È così che si fa».

«Ma io non ho nessuna intenzione di ricucire la nostra storia. È un po' come succede per le nostre preziose camicie: quando si forma una slisatura la camicia è da buttare, perché se la rammendi da una parte si strappa dall'altra. La bella seta ha finito il suo ciclo vitale. È lo stesso anche per il mio matrimonio, la mia bella storia ha concluso il suo ciclo», sentenziò Alberta.

Terminarono di tirare a lucido il negozio e poiché era ancora presto e gli stacanovisti dell'acquisto all'ultimo minuto erano ancora per la strada, si rintanarono nel retrobottega a bersi il caffè.

«I miei figli ieri hanno fatto festa con gli avanzi del nostro pranzo», la informò Gianna.

Alberta inventò un sorriso compiaciuto, perché la notizia le era indifferente. Invece raccontò: «Ieri, come ti dicevo prima, sono stata da Anna Clara che mi ha rivestita di rosso e viola...»

«Trucco, taglio e abiti femminili... avevi deciso di seguire il mio consiglio. Ma oggi, tranne i capelli, sei come sempre. Poi mi vieni a raccontare che il tuo matrimonio è andato a ramengo. Mi sa che sei tu a esserti stancata di Leo...»

Alberta non le diede retta e continuò a seguire il filo dei suoi pensieri.

«Mi sono accorta di quanto sia faticoso imbellettarsi e vestirsi in un certo modo. Ci vuole niente a diventare schiave del parrucchiere, delle creme miracolose, della moda. E costa una cifra. E per che cosa? Per apparire come non siamo. È un gioco perverso e volgare che non mi piace, non mi assomiglia. Io sono una donna qualunque, che non ama farsi notare per il suo aspetto. Il mio tempo è troppo prezioso per sciuparlo con queste cavolate. Chi mi ama e mi stima deve prendermi per come sono», dichiarò.

Gianna la lasciò sola, perché c'erano dei clienti alla porta. Alberta lavò e asciugò le tazzine, mentre rimuginava pensieri sulla fine imminente del suo matrimonio. Lavorò fino a sera e quando rincasò stremata respirò l'odore nuovo della solitudine.

D'ora in avanti avrebbe dovuto abituarsi a

vivere senza Leo. La sua mamma diceva: «Meglio soli che male accompagnati». Lei si era male accompagnata, dunque, meglio vivere da sola.

Sua madre l'aveva chiamata per accordarsi sul pranzo di Natale e lei l'aveva liquidata velocemente dicendole che aveva fretta e che, comunque, tutto si sarebbe svolto come al solito.

Anche Leo le aveva telefonato da Berlino, verso mezzogiorno, per avvisarla che stava entrando in riunione, che era confermato il pranzo con i tedeschi per il giorno seguente e che subito dopo sarebbe tornato a casa, per fare l'albero e mettere le luci. Lei si era sforzata di replicare con tenerezza ed entusiasmo, anche se sapeva che quella notte lui non avrebbe dormito da solo. Non sarebbe stata così calma se non avesse avuto la consapevolezza che il bastardo si stava godendo le ultime ore di vita.

Cenò in cucina ascoltando alla radio un programma di canzonette che non aveva nulla di natalizio. Annuì sentendo la voce della Nannini che definiva l'amore una camera a gas, e pensò che anche lei avrebbe rischiato l'asfissia se non si fosse liberata in fretta del marito.

Prima di coricarsi guardò il cielo fuori dai vetri del soggiorno. Non c'erano più stelle, ma soltanto una luna immensa, circondata da un alone latteo. Era un presagio di neve. Si illuse di avere accanto il suo angelo custode che la stava guidando senza incertezze verso il riscatto della sua dignità offesa.

Quella notte dormì profondamente. In bottega fu una giornata fiacca e, alle cinque del pomeriggio, lei e Gianna decisero di abbassare la saracinesca.

Le vie del centro si andavano svuotando. I milanesi ricchi erano già partiti per le vacanze. Gli altri, i cittadini normali che avevano visto sfumare in regali tutta la tredicesima per assecondare il forsennato mercato natalizio, si erano già chiusi in casa a fare i conti per arrivare alla fine dell'anno. I disoccupati, i diseredati, i poveri, speravano nella generosità altrui. Milano appariva una città semideserta, illuminata a festa per una festività che rallegrava ben poca gente.

Alberta si avviò verso casa chiedendosi se Leo fosse già tornato. Fin dal mattino aveva portato sul terrazzo la scala e le collane di luci. Se l'aereo da Berlino non era precipitato in volo, suo marito non sarebbe comunque riuscito a gustarsi la cena della vigilia.

Appena aprì la porta, trasecolò. La casa era illuminata a giorno, dall'impianto stereo arrivavano carezzevoli le note dei canti di Natale, nel soggiorno la tavola era apparecchiata per le grandi occasioni, con la tovaglia candida in lino di Fiandra, i piatti di porcellana di Limoges, le posate inglesi d'argento, i bicchieri di cristallo di Boemia e petali freschi di rose rosse sparsi a neve sulla tovaglia. Vide tre coperti. Perché tre? Mollò il vecchio loden e la borsa nell'ingresso e attraversò il soggiorno per andare in cucina, da cui arrivava un rumore di stoviglie.

Leo, in maniche di camicia, con un buffo grembiule annodato sui fianchi, disponeva su un vassoio tartine salate, il timer del forno elettrico ticchettava, sul fuoco sobbolliva qualcosa. La vide, sgranò su di lei i bellissimi occhi celesti e le ordinò: «Non ficcare il naso in cucina, non parlare, fila in soggiorno, mettiti comoda sul divano e aspetta». Aveva un'aria felice.

Alberta si tolse le scarpe, infilò le pantofole di panno, si lavò le mani e il viso, tornò nel soggiorno e aspettò.

Pochi minuti dopo Leo era di fronte a lei in giacca e cravatta e con un sorriso irresistibile le porgeva una scatolina rossa da gioielliere.

«Per te, amore mio», disse e si chinò a sfiorarle con un bacio il nasino.

Alberta aprì l'astuccio e vide brillare un anello superbo. Era una fascia d'oro giallo tempestata di diamanti tagliati a baguette con al centro uno smeraldo carré grosso come un pisello. Rivolse al marito uno sguardo interrogativo.

Lui prese l'anello, buttò via la scatolina con la noncuranza di un commediante e le afferrò la mano sinistra infilandole lo smeraldo all'anulare.

«Tanti anni fa», sussurrò, «quando abbiamo fatto l'amore per la prima volta, avrei tanto voluto darti un anello di fidanzamento che fosse degno di te. Ma non avevo un soldo ed eri tu a mantenermi perché credevi in me e sapevi che prima o poi sarei arrivato a un traguardo importante. Be', oggi ce l'ho fatta e voglio restituirti tutto con gli interessi. A Berlino, tuo marito ha ricevuto la nomina di amministratore delegato della Kontré. Sai che cosa significa?»

Si era seduto accanto a lei e le stringeva le mani, mentre Alberta rispondeva solo con un cenno di diniego.

«Significa ancora tanto lavoro, ma solo per me. Tu avrai tutto il tempo per riposare e fare quello che ti piace. Non dovrai più correre in negozio tutte le mattine, anche perché, se lo volessi, potresti occuparti del nostro castello. Lo volevi in Normandia, ricordi? Ti dispiacerebbe se fosse soltanto a una trentina di chilometri da Berlino? È lì che ci trasferiremo l'anno prossimo, cioè tra una settimana. Berlino è bellissima e il mio stipendio lo è ancora di più. Allora con questo anello io ti chiedo: 'Vuoi fidanzarti di nuovo con me, mia preziosissima Alberta?' Ti prego, rispondi sì, perché negli ultimi tempi ho come avuto l'impressione che ti fossi stancata di tuo marito.»

Nel soggiorno ovattato dilagavano le note mielose dei canti natalizi, Leo la guardava con aria adorante e Alberta pensò che se aveva inscenato quel quadretto da film romantico per vecchie signore, che se le regalava un anello così importante, che se le prometteva un castello in Germania era soltanto per tacitare la sua coscienza sporca, dopo aver passato la notte a Berlino con quella Sarah.

«Congratulazioni per la promozione», replicò. «Potrei dirti che sono stupita, perché un anno fa mi avevi fatto capire che questa promozione non t'interessava. Ma ormai non c'è più niente di te che mi stupisca. Quanto all'anello, è bellissimo. Non me lo toglierò più.» Lo baciò su una guancia e, a denti stretti, gli domandò: «E le luci di Natale? Ho già portato sul terrazzo la scala e le ghirlande».

«Già fatto, tesoro», rispose Leo tutto fiero, e si fiondò ad accendere l'interruttore che illuminava il terrazzo. Scostò le tende e, contro il cielo buio della sera, Alberta vide il pergolato scintillare di un velo luminoso. «È la prima cosa che ho fatto rincasando. Ora te lo dico: ogni volta dovevo sopportare la tua paura che potessi cadere giù. Come vedi, il nostro pergolato sfavilla e io sono ancora qui, tutto intero. Non ho mai capito perché quel lavoretto da niente ti terrorizzasse tanto.»

Alberta fissava pietrificata i puntini luminosi che si accendevano a intermittenza creando un firmamento suggestivo sul mantello del cielo. E la stella cadente? Il suo angelo custode, che l'aveva ispirata nella ricerca di una soluzione drastica, le stava facendo gli sberleffi. Avrebbe voluto avventarsi su Leo, ferirlo a pugni e graffi, urlargli in faccia tutta la sua collera, ma quasi non riusciva a muoversi né a respirare.

«Ti ho lasciata di stucco, vero?» constatò lui, con un sorriso soddisfatto. E proseguì: «L'albero lo facciamo insieme più tardi, prima di andare a dormire».

In quel momento sentirono il cicalino del citofono.

«È arrivata», disse Leo e soggiunse: «Apri tu, per favore. Ho preparato per tre, perché abbiamo un'ospite. Io torno in cucina».

«Chi è?» domandò Alberta con un filo di voce. Stava sentendosi male, molto male, un'altra volta.

«Sarah», rispose Leo, sparendo nell'altra stanza.

«Sarah? No, questo è davvero troppo!» sussurrò affranta mentre si alzava dal divano e quasi barcollando andava al citofono per aprire il portone di casa.

Le girava la testa e sentiva che ormai tutto stava precipitando intorno a lei. Dal momento in cui l'aveva visto amoreggiare con la bionda al tavolo del ristorante e poi aveva letto i loro schifosissimi messaggini infuocati, realizzando che razza di verme fosse suo marito, le sembrava di essersi infilata in un dedalo di follia. Lui che le regalava un anello costosissimo, le dichiarava amore eterno e, nello stesso tempo, le faceva venire in casa l'amante, era una trama da romanzo dell'orrore. Voleva farla impazzire per rinchiuderla poi in un manicomio.

Aprì la porta d'ingresso e la rabbia, la frustrazione e l'umiliazione lasciarono il posto a una specie di allucinazione.

Stava diventando matta. Perché sulla soglia c'era un barilotto biondo di un metro e sessanta, avvolto in una pelliccia di visone color miele, il viso paffuto coperto da uno strato di fondotinta che non nascondeva le rughe profonde, tipiche delle donne del Nord di una certa età. Il barilotto le sorrideva.

«Sono Sarah Kuntz, l'insegnante di tetesco di tuo marito. E tu sei Alperta, fero?» esordì la bionda, rivelando un accento marcatamente tedesco.

E poiché Alberta era bianca come un cencio lavato e sembrava sul punto di svenire, l'anziana signora allungò le braccia impellicciate per stringerla a sé, mentre con voce grave e acuta insieme diceva: «Poferina, tevi essere stanchissima. Me lo ripete in continuazione, il tuo Leo: lafori troppo. Bene, anche lui ha laforato molto, ma sempra che ne sia falsa la pena».

Fu lei a ricondurre Alberta nel soggiorno e a farla sedere accanto a sé, mentre la rintronava di chiacchiere.

«In qvesti mesi sono stata turissima con tuo

marito, ma defo dire che lui non si è risparmiato. Ora parla il tetesco qvasi come un tetesco e io gli sono grata o, meglio, sono grata a tutti e tue per qvesto invito a cena. Sai, fifo sola con qvattro gatti e non mi aspettafo di passare l'antifigilia di Natale con una coppia di giofani innamorati.»

«Vedo che vi siete conosciute», constatò Leo, comparendo nel soggiorno.

Poi aiutò Sarah a levarsi la pelliccia, mentre spiegava a una Alberta impietrita: «Negli ultimi mesi ho approfittato di ogni momento libero per studiare il tedesco con Sarah, che mi era stata segnalata come un'insegnante formidabile dalla direzione della Kontré. Loro volevano nominarmi amministratore delegato, ma volevano anche che imparassi molto bene la lingua della casa madre. E se non ce l'avessi fatta? Lei è stata molto severa, direi quasi spietata. Io volevo quel posto ma, soprattutto, volevo stupire te, farti una grande sorpresa. Avremo un Natale da favola, amore mio».

Ad Alberta sembrò che il sangue riprendesse a scorrerle nelle vene, anche se non riusciva ancora a spiccicare una parola. Come aveva potuto essere tanto stupida, tanto gelosa da pensare che Leo potesse tradirla? Leo era un amore di marito. E dire che lei aveva progettato di ammazzarlo! Ora capiva il significato di quei messaggini sul cellulare, che volevano essere solo un modo scherzoso per sdrammatizzare la fatica di studiare e imparare in fretta per meritarsi la promozione.

Ricordò la stella cadente nel cielo di Natale. Come diceva la sua maestra: «Quando è il caso, la tua stella scende sulla Terra per aiutarti». Dopo che aveva rischiato di far precipitare Leo dal sesto piano, poteva forse dubitare di quell'antica leggenda?

Finito di stampare nell'ottobre 2011
presso la Mondadori Printing S.p.A.
Stabilimento N.S.M. di Cles (TN)
Printed in Italy